LES

CHATELAINS DE COURTHENOY

PAR

MARGUERITE LEVRAY

MAISON ALFRED MAME & FILS
= TOURS =

OUVRAGES

DE LA MÊME COLLECTION

FORMAT GRAND IN-8° — 3ᵉ SÉRIE

Tours, imprimerie Mame.

LES

CHATELAINS DE COURTHENOY

SÉRIE 23

Nᵒ 2303

« Le fils de la marquise n'est pas mon frère ! » s'écria André.

(P. 123.)

LES
CHATELAINS
DE
COURTHENOY

PAR

MARGUERITE LEVRAY

TOURS

MAISON ALFRED MAME ET FILS

LES

CHATELAINS DE COURTHENOY

———◆———

I

C'est une belle et vaste demeure que le château de
Courthenoy, situé à cinq lieues à peine de Poitiers, dans
un calme et riant paysage que les eaux claires du Clain
fertilisent et animent.

D'abord la vallée agreste, déroulant ses tapis de verdure
au printemps, étalant en été les tons d'or de ses blés
ondoyants, mêlés au vif éclat des coquelicots et des bluets
que le Créateur jette à pleines mains pour rompre la monotonie de cette plaine jaune et mouvante. C'est là que le
Clain serpente capricieusement, élargissant ou rétrécissant
son lit bordé d'aunes. Les villages sont échelonnés sur les
hauteurs ; il n'est pas de coteau où l'on ne voie le toit
d'une maison rustique, soit à mi-chemin, soit au sommet
du monticule ; quelques noyers, quelques saules jettent
leur ombre sur la maisonnette et lui forment, à la belle
saison, un voile agréable et protecteur.

Les collines vont s'élevant à l'ouest. Là elles sont mer-
veilleusement boisées. De ce côté est la forêt, orgueil des
habitants du pays tout autant que le château.

Celui-ci confine à celle-là. Bâti sur une éminence escarpée,

il domine la contrée comme un suzerain ses humbles
vassaux, et se divise en deux parties.

La grosse tour de l'ouest est un vestige du moyen âge.
Haute, ronde et massive, elle a défié dans sa structure solide
les injures du temps et celles des ennemis. Lors des guerres
de religion, Coligny envoya contre Courthenoy une troupe
choisie commandée par un de ses meilleurs capitaines. Le
manoir était presque sans défense, car le marquis André était
à l'armée des Guises avec l'élite de ses hommes d'armes ;
mais la marquise, une héroïne au vaillant cœur, digne de
son noble époux, s'enferma dans la tour et soutint avec dix
soldats un siège de six semaines sans que les réformés
pussent vaincre sa résistance. Au bout de ce temps, le
marquis, accouru en toute hâte, extermina les envoyés de
Coligny, non sans que ceux-ci eussent détruit la partie
du château livrée à l'abandon.

En souvenir de ce mémorable événement, la grosse tour
de l'ouest s'appela désormais la tour de la Marquise.

Le château fut rebâti et solidement fortifié. On rétablit
les fossés qui avaient été comblés, on les entretint désormais
soigneusement. Au XIXᵉ siècle même, les fossés subsistent,
mais leurs profondeurs n'offrent plus qu'une luxuriante
végétation sauvage, des pentes gazonnées, moelleuses
comme du velours, et des milliers de fleurs variées. Courthenoy, ainsi isolé, n'est relié au village que par des ponts
mobiles, jetés sur le fossé devant les différentes portes. Ils
sont levés la nuit, à l'instar des ponts-levis, et cependant
les villageois, en cas de malheur, n'hésiteraient pas à venir
demander secours au château, car ils savent que, selon
l'antique usage, il y a toujours à Courthenoy un veilleur
nocturne.

Ce dernier, qu'on appelle le guetteur, comme autrefois, se
tient dans une petite loge, près d'une porte nommée encore
la poterne de l'est.

On voit que les habitudes modernes n'ont pas cours au
château.

C'est que son propriétaire, le colonel marquis de Courthenoy, est un homme de la vieille roche, imbu avec passion,
d'aucuns disent jusqu'au fanatisme, de tout ce qui se rattache
au passé. On dirait vraiment que le présent n'existe pas pour

lui. Les hommes de son temps sont, dit-il, de trop petite mesure ; il ne peut s'ajuster à leur taille.

Voilà pourquoi sans doute il s'éloigne assez rarement de sa demeure, pourquoi il a peu d'amis, même parmi les nobles familles des environs. Tout ce qu'il voit au dehors, tout ce qu'il entend heurte ses idées, froisse ses sentiments. Chez lui il est le maître.

Il y fait régner une discipline inflexible, à laquelle nul n'est tenté de se soustraire, depuis le dernier des valets jusqu'à la châtelaine elle-même.

On était aux premiers jours de septembre. Le soleil, encore brûlant, inondait la grande pelouse, et une partie des habitants du château était assise sous un magnifique catalpa, à l'abri des flèches trop ardentes de Phébus, ainsi que disait en riant un grand et mince jeune homme, à la figure ouverte et douce, à une femme d'une trentaine d'années dont les cheveux d'un blond de lin, le tint blême, les longues dents plates et les yeux bleu-faïence auraient fait la plus insignifiante personne du monde, sans l'expression de bonté intelligente et d'extrême douceur empreinte sur sa physionomie.

« Les flèches du blond Phébus n'ont rien à voir avec ma pauvre figure, monsieur Gabriel, répondit-elle avec un léger accent étranger. Il y a beau temps que je ne les crains plus pour mon teint ; mais ce que je redoute, ce sont les coups de soleil sur le crâne. Avis à vous qui allez toujours la tête découverte.

C'est une habitude que j'ai prise, je crois, de mon élève, dit le jeune homme en souriant. Les chapeaux et André s'accordent le plus mal possible ; il faut une nécessité absolue pour qu'il se décide à en placer un sur sa crinière.

— Qui parle de crinière et d'André ? » fit derrière lui une voix enfantine.

Gabriel se détourna.

« C'est moi, petit lionceau, » dit-il en plongeant la main dans la forêt de boucles blondes qui s'offrait à lui.

L'expression peignait exactement cet enfant au corps souple et nerveux, à la physionomie mobile, aux grands yeux d'un bleu sombre, rayonnants d'intelligence.

L'intelligence était partout, du reste : sur ce front hardi-

ment modelé, dans les lignes très pures du visage, dans la
courbure légèrement aquiline du nez, dans le dessin ferme
de la bouche aux lèvres fines, et jusque dans l'attitude droite
et fière de ce svelte garçonnet de dix ans.

Il jeta, d'un air de câlinerie charmante, ses deux bras
autour du cou de son jeune précepteur.

« J'aime ce surnom, dit-il. Le lion est généreux, brave et
fort. Je veux être un lion quand je serai grand.

— André! André! » appelèrent des voix de petites filles.

Une gentille brunette sortit de derrière un bouquet
d'arbres.

« Viens mettre la paix, je t'en prie, fit-elle, Sara et
Lucienne se querellent pour lancer le ballon; elles pré-
tendent toutes les deux avoir gagné la partie.

— Bon! Et toi, Marthe, laquelle a raison, à ton avis?

— C'est Lucienne, répondit Marthe tout bas; mais tu
sais que Sara veut toujours être la maîtresse. Viens, elle
t'écoutera, toi. »

André était sans doute accoutumé à prononcer en dernier
ressort sur des questions de ce genre, car sans plus rien
dire il suivit la petite fille.

« Si vous alliez y jeter un coup d'œil, miss Jane, dit
Gabriel à sa voisine.

— C'est ce que je me dispose à faire, » répondit celle-ci,
entassant à la hâte dans un petit sac son ouvrage, son dé,
son fil et ses ciseaux.

Lorsqu'elle se fut éloignée, le jeune homme, à son tour,
quitta le catalpa et rentra au château.

C'était le jeudi, son élève ne prenait pas de leçons, et la
surveillance de miss Jane sur les enfants lui permettait de
s'isoler quelques heures et d'étudier pour lui seul.

Gabriel Davy ne devait, pour ainsi dire, son instruction
qu'à lui-même. Fils d'un pauvre maçon de Poitiers, il s'était
distingué dès son enfance par ses succès à l'école des frères.
Sollicité par lui, son père prolongea autant qu'il le put le
temps que l'enfant devait passer sur les bancs de la classe.
A quatorze ans pourtant il fallait en sortir, et, malgré ses
répugnances, se résigner à embrasser une profession
manuelle; mais alors un protecteur se montra. Un bon et
savant ecclésiastique avait remarqué depuis plusieurs années

cet enfant studieux qui remportait toutes les couronnes.
Ayant appris que les études de Gabriel étaient finies, il
lui parla, l'interrogea, et, satisfait de ses réponses, alla
demander aux parents s'ils voulaient bien lui confier leur
fils. C'était la réalisation du vœu le plus cher de Gabriel. Les
braves gens n'hésitèrent pas, et le jeune garçon entra chez
le bon prêtre, qui se mit en devoir de lui apprendre le latin.

Gabriel apprit vite et bien. Son protecteur, voyant qu'il
n'avait pas la vocation ecclésiastique, le préparait à embrasser une carrière libérale, quand il mourut presque
subitement. Ce fut un coup de foudre pour le jeune homme ;
mais il était courageux, il en savait assez pour étudier seul.
Il trouva facilement une toute petite place dans une étude
de notaire, juste de quoi manger du pain et acheter des
livres. Il conquit ainsi les grades de bachelier ès sciences et
ès lettres ; mais son père et sa mère moururent à quelques
mois l'un de l'autre, et le pauvre garçon se trouva bien seul
en ce monde.

C'est alors qu'un vieil ami de son bienfaiteur, sachant
que le marquis de Courthenoy cherchait un précepteur pour
son fils, lui proposa Gabriel.

Le marquis était un rude homme. Gabriel en avait été
averti et tremblait de ne pas lui plaire. Pourtant, chose
étonnante ! il convint tout d'abord. Son attitude à la fois
modeste et digne, l'expression franche et intelligente de son
visage, frappèrent le marquis. Tout le programme de l'éducation d'André fut tracé en quelques mots. M. de Courthenoy
était avare de paroles ; il tendit alors la main au jeune homme
en disant :

« C'est une affaire conclue. Vous entrerez en fonctions dès
demain. »

Quant aux conditions pécuniaires, Gabriel les trouva
presque trop belles, et il fut tenté de protester ; mais pas
plus en cette affaire qu'en nulle autre le marquis n'acceptait
la discussion. Généreux par nature, il se réjouissait que sa
grande fortune lui permît de l'être à son gré.

Jusqu'à l'arrivée de son précepteur, André était resté l'élève
de miss Jane, depuis plusieurs années déjà institutrice de
sa sœur Lucienne.

Le petit garçon n'était nullement facile à conduire. Déjà

on pouvait dire que son père revivrait en lui. Violent, fougueux, hautain, il méritait cette épithète de lionceau que le marquis lui avait appliquée lui-même.

Un jour qu'ayant réuni quelques compagnons de chasse il se faisait attendre dans la salle à manger, un des convives demanda en riant :

« Où donc est le lion de céans ? »

Le marquis entra à ce moment, son fils alors fort jeune entre les bras, et répondit :

« Voici le lion et son lionceau. »

On applaudit, et de ce jour le nom de lionceau resta à l'enfant.

Mais ce lionceau avait un cœur doué d'une remarquable puissance d'affection. Il fallait voir l'amour passionné qu'il portait à sa mère, cette douce et frêle marquise Blanche, l'idole des serviteurs et des pauvres, l'ange de charité et de compassion qui tremblait sous un regard du marquis, et pourtant obtenait de lui ce qu'aucun autre au monde n'aurait pu obtenir.

Si le terme d'adoration peut être appliqué au sentiment d'une créature pour une autre créature, certes, on pouvait dire qu'André adorait sa mère. Elle seule savait le consoler, apaiser d'un mot ses folles colères d'enfant qui n'auraient pas cédé, même en présence de son père.

Gabriel ne fut pas longtemps avant de savoir par cœur son élève. Lorsqu'il eut pénétré les replis de cette nature impétueuse et aimante, il connut le moyen de la conquérir : ce moyen, c'était la tendresse.

De fer devant la colère, l'enfant était de velours en présence de la douceur.

Non pas de la douceur molle, hypocrite, qui cède à la force, même injuste ; André, tout jeune qu'il était, méprisait cette fausse douceur. Mais son nouveau maître était autrement doux ; sa bonté n'était pas de la faiblesse, son affection pour l'enfant restait ferme comme le devoir, et André se prit à aimer de tout son cœur ce jeune homme juste et bon.

Gabriel se trouvait heureux au château. Il aimait son élève ou plutôt ses élèves, car il donnait à Lucienne quelques leçons de littérature étrangère et de dessin ; il vénérait la marquise, avait une affectueuse estime pour miss Jane, la bonne Irlandaise ; et, tout en témoignant une grande déférence au marquis, il ne se laissait pourtant point intimider par lui.

Il ne faudrait pas s'imaginer du reste que le marquis fût ce qu'on appelle vulgairement un ours. Non, il pouvait aller jusqu'à la rudesse ; mais à l'ordinaire il enveloppait de formes courtoises ses ordres les plus absolus ; et quand il avait donné son estime, il ne la reprenait plus.

Sous le catalpa étaient seulement demeurées deux personnes, deux femmes.

Elles se ressemblaient autant que la plante riche de sève, éclatante de fraîcheur, ressemble à la plante alanguie, courbée vers la terre ; et cependant la similitude des traits, et, plus que cela, le jeu de la physionomie, le regard, l'accent de la voix auraient fait dire à un étranger :

« Elles sont sœurs. »

La première travaillait, tout en causant, à un objet que les mères contemplent avec amour, qu'elles baisent quelquefois dans un sourire mouillé de larmes : un petit bonnet d'enfant.

L'aiguille, lancée deçà et delà par une main exercée, traçait sur la mousseline des fleurettes délicates sans distraire la travailleuse de sa conversation.

L'autre jeune femme avait depuis quelques instants abandonné le léger crochet qu'elle enfonçait dans la laine fine, et appuyait sa tête au tronc de l'arbre avec une sorte de lassitude.

« A quelle heure arriveront nos chasseurs ? demanda la première.

— Vers sept heures, je pense. J'ai donné des ordres en conséquence ; mais peut-être voudront-ils faire la curée aux flambeaux.

— C'est très possible, et ton mari s'entend à toutes ces magnificences.

« Mais dis-moi, à ce propos, Blanche, est-ce que c'était sérieux, cette idée d'accompagner les chasseurs ?

— Mais... sans doute, Nathalie.

— C'était sérieux ! Vrai, je ne puis le croire ! Je te connais mieux que personne, ma Blanche, moi, ta sœur ; tu n'as jamais eu ces goûts-là, jamais !

« Voyons, tu croyais faire plaisir à Hugues, n'est-ce pas ?

— Pourquoi te le cacherais-je, Nathalie ? Hugues n'est jamais plus content que lorsque je consens à l'accompagner à la chasse. C'était, tu le sais, la façon d'agir des châtelaines d'autrefois, et il aime tant ce qui lui rappelle le passé !

— En ce cas, il doit être fâché contre moi, qui t'ai empêchée de le suivre en déclarant ma ferme volonté de rester au château. Et, faut-il te le dire ? je l'ai fait pour toi.

— Pour moi ? »

La jeune femme posa son ouvrage, et, arrêtant sur sa sœur un regard tendre et singulièrement pénétrant :

« Blanche, oserais-tu me dire que tu es bien portante ? » dit-elle avec une gravité inquiète.

La marquise essaya de rire.

« Quelle question, Nathalie ! Me fais-tu un crime de ma délicatesse toujours extrême ?

— Oh ! tu auras beau faire, tu ne parviendras pas à me donner le change. Il ne s'agit plus de délicatesse, mais de maladie. La maladie s'écrit dans le large cercle de bistre estompé autour de tes yeux, dans l'éclat fébrile de ton regard, dans l'affaissement de ton attitude. Ma Blanche chérie n'était pas ainsi.

— Enfant ! murmura faiblement la marquise, comme tu t'alarmes mal à propos ! Je suis presque mieux qu'il y a un mois.

— Enfin tu avoues ; tu souffres ! D'où souffres-tu ?

— Que sais-je...? de la tête, de la poitrine.

— De la poitrine, dis-tu ? Mais... tu as consulté...?

— Mon Dieu, oui, un peu. Dans un voyage à Poitiers j'ai vu le docteur Daucourt.

— Et il t'a dit...?

— Il m'a ordonné divers remèdes. Je ne m'en suis trouvée ni mieux ni plus mal. »

Mme de Fontagues hocha la tête.

« Cela ne suffit pas, Blanche, il faut consulter un grand médecin de Paris. Si tu le veux, je l'insinuerai au marquis.

— Non, non, je t'en prie, ma sœur, ne le fais pas. Pourquoi l'inquiéter, le tourmenter inutilement ? Il s'imaginerait que je suis dix fois plus malade.

— Et, en attendant, il te croit en parfaite santé, et te

raille de ta délicatesse présumée. Ne te récrie pas, je l'ai entendu.

« Parce qu'il est de fer, lui, s'imagine-t-il que tous lui doivent ressembler ?

— Ma pauvre chérie, fit la marquise, tes inquiétudes mal fondées t'égarent. Tu me crois malade, et je ne suis que souffreteuse.

— Blanche, dit sérieusement Mᵐᵉ de Fontagues, Blanche, songe à tes enfants. »

La jeune femme frissonna.

« Tu me fais peur, balbutia-t-elle en s'efforçant de sourire. Dieu, j'espère, me conservera pour eux.

« Le soleil a quitté la pelouse, veux-tu rentrer ? Je vais jeter un coup d'œil sur les préparatifs du souper. »

Les deux sœurs ramassèrent leur ouvrage et remontèrent au château.

II

Mmes de Fontagues et de Courthenoy, orphelines dès l'enfance, avaient passé leur première jeunesse d'abord au Sacré-Cœur, puis dans une vieille maison de famille, à Poitiers, sous la tutelle de leur aïeule.

Mme d'Alberne, vieille et infirme, pensant manquer bientôt à ses enfants, chercha de bonne heure à fixer leurs destinées. Nathalie épousa M. de Fontagues, jeune magistrat d'avenir ; et, deux ans plus tard, à dix-sept ans à peine, Blanche devenait marquise de Courthenoy.

C'était une alliance inespérée, car les petites-filles de Mme d'Alberne n'avaient qu'une mince dot.

Le marquis Hugues venait d'abandonner la carrière militaire, où sa haute intelligence et sa bravoure lui avaient valu, à trente-deux ans, le grade de colonel. Il revenait d'Afrique, où il avait conquis, disait-il, le droit de vivre dorénavant à sa guise. La beauté de Blanche, et plus encore ses qualités de cœur et d'esprit, fixèrent son choix : c'était la châtelaine de ses rêves.

Peut-être l'eût-il souhaitée moins frêle. Cette jeune femme était un roseau ; mais sa faiblesse physique faisait ressortir davantage la force d'âme enfermée dans cette enveloppe diaphane.

La vie retirée du château lui convenait à merveille. Seule la saison de la chasse amenait à Courthenoy quelques hôtes. La forêt était si belle et le marquis si renommé veneur !

Autrement c'était la solitude, et la marquise Blanche savait faire de cette retraite un Éden enchanté pour son mari.

La naissance de sa fille, puis celle de son fils, mirent le comble à son bonheur. Elle se réjouit devant Dieu d'avoir à former, à élever ces petites âmes, à les tourner vers le bien comme le jardinier tourne ses jeunes plantes vers le soleil.

Et puis elle avait les pauvres. Nous l'avons dit, le marquis était généreux; Blanche était libre de donner cours à sa charité, et, quand.sa bourse était à sec, elle n'avait qu'à la présenter à son mari pour la voir aussitôt remplie.

Avec ces trois biens : Dieu, sa famille, les pauvres, Blanche n'aurait eu rien à désirer, si elle n'avait été éloignée de sa sœur.

Mme d'Alberne était morte peu de temps après le mariage de Blanche. Presque à la même époque, M. de Fontagues fut envoyé à Toulouse. Ce fut un très vif chagrin pour les deux sœurs. Il fallut s'y résigner cependant, et se contenter d'une correspondance fidèle et de quelques voyages aux vacances.

Le magistrat ne cessait de solliciter un rapprochement. L'attente fut longue, mais elle fut enfin récompensée. Une décision du ministre de la justice venait, au moment où commence cette histoire, de donner à M. de Fontagues une place de conseiller à la cour de Poitiers.

Je laisse. à penser avec quelle joie cet événement fut accueilli. Mme de Fontagues fit en hâte ses préparatifs et arriva à Courthenoy le 1er septembre, avec son mari et ses enfants.

Dès l'abord, elle avait trouvé Blanche changée ; mais, à mesure qu'elle la considérait, le changement s'accentuait davantage, et Nathalie se sentait maintenant profondément inquiète.

Les jeunes femmes s'étaient assises dans l'embrasure d'une des larges fenêtres de la salle d'honneur.

La pièce ainsi nommée avait de vastes proportions. Les murailles étaient entièrement tendues d'une magnifique tapisserie dont les scènes, empruntées à l'histoire de la chevalerie, formaient, lorsque les immenses baies des fenêtres les inondaient de lumière, autant de tableaux animés.

2

Des panoplies anciennes étaient répandues çà et là ; sur le rugueux parquet de chêne on avait jeté un tapis de Smyrne dont les tons, jadis éclatants, s'étaient éteints peu à peu et ne s'en harmonisaient que mieux avec les nuances décolorées de la tapisserie ; les meubles étaient beaux, mais antiques ; et, tout au fond, on avait laissé le trône seigneurial, élevé de trois marches et encore surmonté de son baldaquin de velours fané, sur lequel, autour du lion héraldique, on lisait la devise : *J'ai des griffes.*

Des six fenêtres de la salle d'honneur, trois regardaient la cour, et les autres le jardin. C'était à une de ces dernières que les deux sœurs avaient pris place.

Leurs enfants étaient là, sous leurs yeux. Miss Jane, assise à l'écart, pouvait les voir sans les gêner. Ils étaient cinq, tous beaux, vigoureux, pleins d'exubérante gaieté.

On reconnaissait facilement Lucienne à sa ressemblance avec sa mère ; c'était une svelte fillette blonde et blanche, avec des yeux bruns un peu rêveurs. Sara et Marthe de Fontagues étaient brunes comme leur père ; toutes les deux avaient une opulente chevelure, des yeux de jais, un teint mat. Mais là s'arrêtait la similitude ; l'expression différait totalement : Sara était fière, décidée, un peu altière peut-être ; Marthe, gracieuse, caressante et conciliante.

Leur frère, Amaury, allait bientôt atteindre ses quatorze ans. Ce n'était encore qu'un excellent enfant, studieux, soumis, d'un caractère facile.

Les trois enfants n'ignoraient pas que la famille allait s'augmenter encore ; aucun d'eux n'en était attristé ; au contraire, on attendait avec impatience le petit frère annoncé.

En ce moment tous, rassemblés, parlaient d'un air très animé. On jouait depuis le matin, et, il faut le dire, on avait à peu près tout épuisé.

Lucienne et Sara avaient bien proposé de se promener en causant ; mais les garçons s'étaient révoltés. Se promener en causant, quand on avait mieux à faire ! allons donc, c'est bon pour les filles ! On les connaît, elles sont si bavardes !

Là-dessus Marthe se récria. Bavarde, elle !

« Non, va, ce n'est pas de toi qu'il s'agit, lui dit André en l'embrassant. Tu es bien la plus gentille des petites filles, et ce n'est pas toi qui proposerais de causer.

« Moi, si vous voulez, je vais vous dire un jeu très amusant.

— Voyons, dit Amaury.

— Vite ! vite ! crièrent les fillettes.

— Un très beau jeu, continua André avec assurance. C'est la guerre.

— La guerre ! fit Lucienne en éclatant de rire. Il est joli, en effet, ton jeu ! Bon pour toi, qui ne rêves que plaies et bosses ; mais nous... »

Sara haussa les épaules.

« C'est pour se moquer de nous, Lucienne.

— Moi, je veux bien jouer à la guerre, cousin André, dit Marthe avec son plus joli sourire.

— Bravo, Marthe ! Tu vas voir. D'abord ce sera un fait vrai, une histoire arrivée, l'histoire de notre aïeule, la marquise Béatrice.

— Celle qui défendit la tour contre les soldats de Coligny ? s'écria Lucienne.

— Précisément. Nous sommes juste le nombre qu'il faut pour représenter l'assaut et la défense de la tour.

— Qui sera la marquise ? demandèrent à la fois les trois fillettes.

— Ce sera Marthe.

— Marthe ! s'écria Sara, Marthe, la plus petite ! Marthe, qui a peur des chiens, des rats, des crapauds ! Ah ! ah ! ah ! la belle héroïne !

— Comme la marquise sera bien représentée, ajouta Lucienne, par une bambine de sept ans !

— J'en ai sept et demi, balbutia l'enfant près de pleurer, et je n'aurai pas peur du tout si on ne se bat pas pour de bon.

— N'aie pas de crainte, dit Amaury en riant, notre bataille ne fera pas couler de sang. Quant à moi, je suis sûr que tu feras une vaillante petite marquise.

— C'est entendu, approuva André ; Amaury sera l'amiral, Sara et Lucienne seront chacune une armée.

— Plaignez-vous donc ! s'écria Amaury ; vous représenterez chacune une armée entière. Peste ! il faut qu'on compte furieusement sur votre bravoure. Je prends Lucienne pour mes soldats ; Sara sera les soldats de la marquise. »

Les deux petites filles hésitèrent, puis se résolurent à essayer ce jeu nouveau.

« Et toi, André ?

— Moi, je suis le marquis ; je viendrai au secours de ma dame, et je chasserai Coligny.

— Mais, mon cher, fit observer Amaury, ce n'est pas l'amiral lui-même qui mit le siége devant Courthenoy.

— Non, c'est un de ses officiers ; mais, comme je ne sais pas son nom, il vaut mieux que tu sois l'amiral, c'est plus glorieux pour toi.

« A présent, disposons toutes choses. Ce gros arbre sera la tour, mais il faut que la marquise et son armée soient sur un lieu élevé, afin de foudroyer de haut les ennemis. Montez sur ce banc ; bien. Écoute, Marthe : l'armée de l'amiral s'avancera dans la plaine ; tu l'apercevras du haut de la tour, et tu tireras, tiens, comme ceci. Je te prête mon arbalète ; voici les flèches. » Il lui donnait de menues branches.

« Tu ne combattras pas toujours, tu passeras l'arbalète à Sara. Je vais chercher des armes pour Amaury et pour moi.

« Quand tu n'auras plus de munitions, j'arriverai à mon tour, je me battrai contre Coligny, je le vaincrai. Alors tu viendras au-devant de moi, tu m'appelleras ton cher seigneur, et, pour prix de mes exploits, tu me remettras une écharpe brodée de ta main et tu me l'attacheras toi-même. Tu entends ?

— Oui, fit l'enfant en secouant la tête. Mais où est-elle, cette écharpe ? Je ne saurais pas t'en broder une, vois-tu.

— Je vais te l'apporter. Tu ne broderas rien du tout ; il s'agit seulement de bien te battre. »

Le petit garçon courut chercher un sabre et un fusil, et offrit généreusement le choix des armes à son adversaire ; puis l'action commença.

La châtelaine, retirée derrière sa tour, demanda aux sentinelles :

« Tout est-il tranquille dans la plaine ?

— Oh ! Madame, répondait Sara, j'aperçois au loin une armée puissante, conduite par un chef à l'air martial. Ils s'avancent, ils s'avancent... Noble dame, nous sommes perdus : c'est Coligny lui-même. »

A quoi la marquise répondait :

« Tais-toi et ne crains rien ; nous sommes peu nombreux,

mais les remparts sont solides, et le bon Dieu nous aidera. »

Sur ces entrefaites, l'amiral approchait et ordonnait à son armée d'entreprendre le siège de cette tour.

« Nous en viendrons facilement à bout, ajoutait-il, car elle renferme dix soldats à peine, commandés par une femme. »

L'assaut commença. De part et d'autre on fit des prodiges de valeur. Toujours s'élançant, toujours repoussé, l'amiral, voyant que les forces des assiégés s'épuisaient, allait donner un assaut général, lorsque le marquis parut.

Il était sans armée, mais la plus bouillante valeur l'animait. Il cessa bientôt de lutter contre les soldats de Coligny, qui, hors d'haleine, se laissèrent, en la personne de Lucienne, tomber sur le gazon. Les deux vaillants champions se saisirent corps à corps et combattirent ainsi jusqu'à ce que l'amiral, vaincu et terrassé, eût demandé grâce au vainqueur, qui lui accorda magnanimement la vie.

Les portes de la tour s'ouvrirent devant le héros triomphant.

C'était pour l'héroïne le moment solennel. Enivrée par la victoire de son cher seigneur, elle voulut s'élancer dans ses bras; mais, dans son empressement à descendre, le pied lui manqua, et elle tomba, entraînant toute la garnison dans cette chute lamentable.

Cet incident, qui n'était pas dans le programme, arracha un double cri d'effroi aux deux mères, qui des fenêtres de la salle d'honneur avaient suivi toutes les phases de l'action. Elles arrivèrent au jardin au moment où Marthe riait dans les bras d'André, et où miss Jane proposait de laver avec un peu d'eau de Cologne l'égratignure que Sara s'était faite au menton.

« Ce n'est rien, allez, petite mère, dit Marthe en sautant au cou de Mⁿᵉ de Fontagues. Nous n'avons pas de mal; vous voyez, nous ne pleurons pas.

— Tu es une vraie petite marquise, s'écria André. N'est-ce pas, maman, qu'elle avait un air tout à fait résolu? et elle riait en se relevant. Je connais des filles plus grandes qui pleurent quand elles tombent. »

Ces mots furent dits avec un coup d'œil à l'adresse de Lucienne.

« Ne dénigrons personne, mon fils, répondit doucement

la marquise; l'essentiel est que tes cousines n'aient aucun mal. Et sur ce, je crois que vous ferez bien de rentrer, la fraîcheur tombe. »

Les enfants obéirent.

Les deux mères s'assirent de nouveau dans la large embrasure, et André vint se mettre aux pieds de la marquise. C'était sa place habituelle. Quand l'ardeur du jeu ne l'emportait pas, il restait là, sa tête blonde levée vers sa mère, la contemplant, l'écoutant avec une expression de tendresse presque étrange.

Mme de Fontagues regardait l'enfant. Les autres riaient dans un coin de la vaste salle; il n'y prêtait nulle attention. Ils l'appelèrent, il ne les écouta pas.

Marthe vint enfin lui demander le mot pour jouer aux propos discordants. Il refusa d'abord ; mais, vaincu par les instances de sa petite cousine, il se leva.

Sa tante le suivit un instant des yeux ; puis, prenant une main de sa sœur dans les siennes :

« Blanche, dit-elle à voix basse, il faut consulter, il faut vivre. Que deviendrait ton fils s'il ne t'avait plus ?

— Nathalie, murmura la pauvre jeune femme, quel supplice tu m'infliges aujourd'hui! Quoi ! pour la seconde fois...

— Parce qu'il faut prendre un parti, ma sœur, au nom de tes enfants, au nom de ce cher petit qui t'aime d'une si ardente tendresse, permets-moi de parler au marquis. »

Blanche détourna les yeux.

« Pas ce soir, du moins, bégaya-t-elle. Demain, demain, nous causerons.

« Tu me le promets?... Pas ce soir.

— Je te le promets, dit Mme de Fontagues.

— Maman, ma tante, écoutez : le cor ! le cor !... Ce sont les chasseurs ! » cria André.

Il s'élança en avant, entraînant après lui la bande joyeuse.

Quand la marquise et Mme de Fontagues parurent dans la cour, la troupe des chasseurs mettait pied à terre.

André était au premier rang, jetant des regards d'admiration sur les carniers remplis, caressant les grands danois qui bondissaient autour de lui : « Les bons chiens ! les braves chiens ! » disait-il.

Puis, courant à son père :

« Papa, quand m'emmènerez-vous à la chasse ?

— Bientôt, si je suis content de toi, » répondit le marquis en passant la main avec complaisance dans les boucles folles de son fils.

« Je vois que vous avez fait bonne chasse, mon ami, » fit une douce voix près de lui.

Il se détourna vivement et se découvrit.

« Il n'y manquait qu'une chose, Mesdames, votre gracieuse présence, répliqua-t-il avec une bonne grâce non exempte d'une nuance de reproche.

— Prenez-vous-en à moi seule, marquis ; je n'ai pas la bravoure de ma sœur, » dit en souriant Mme de Fontagues.

Cette parole dérida le marquis. Il offrit gracieusement son bras à sa belle-sœur, tandis que la marquise acceptait celui de M. de Fontagues.

Le souper se prolongea, gai et bruyant. Par les ordres de M. de Courthenoy, les valets firent la curée aux flambeaux, à la grande joie des enfants, surtout d'André, qui n'aimait rien tant que ce spectacle.

La marquise se montra ce qu'elle était toujours, aimable, prévoyante et digne. Ses hôtes, enchantés, la quittèrent à regret ; mais lorsqu'elle prit congé du dernier d'entre eux, sa sœur la vit soudain pâlir et porter son mouchoir à sa bouche ; et le cœur de Mme de Fontagues s'emplit d'angoisse quand elle aperçut, en dépit des efforts de Blanche, une large tache de sang.

III

Le lecteur ne connaît point encore tous les habitants du château. Il en est quelques-uns qui ne doivent pas lui rester plus longtemps étrangers. Qu'il nous permette premièrement de lui présenter Mlle Solange de Valfrède, tante maternelle du marquis.

Mlle Solange a près de soixante-dix-huit ans. C'est une de ces âmes d'élite que le bon Dieu a pétries d'indulgence, de bonté, d'inépuisable condescendance. Des malheurs de famille lui ont fait perdre sa fortune, et depuis trente ans elle demeure sous le toit de son neveu, tout en vivant à part d'une rente que lui paye le généreux gentilhomme, qui ménage ainsi, avec une très grande délicatesse, la dignité de sa parente.

Elle habite, dans l'aile droite du château, un appartement retiré dont les fenêtres donnent sur les jardins. Une seule domestique la sert. Joséphine est le type achevé des servantes d'autrefois, dévouée corps et âme à sa maîtresse, probe, soigneuse, ayant même acquis, au contact de Mlle de Valfrède, un certain degré d'usage du monde et une bonne manière de s'exprimer.

Plus jeune de quinze ans que sa maîtresse, elle est aussi beaucoup plus robuste. Quand elle a fait diligemment son service journalier, peu compliqué d'ailleurs, elle prend son ouvrage et vient s'asseoir près de Mlle Solange, qui ne peut plus tricoter, car elle est presque aveugle.

Elles ne sortent guère toutes deux que pour aller le matin à la messe et faire, dans l'après-dîner, une courte promenade, soit dans le jardin, soit à l'entrée de la forêt. Joséphine fait peu de provisions; elle donne ses commissions aux gens du château le matin, et si dans la journée elle a besoin de quelque chose, elle n'a qu'à s'adresser à la Javelle ou à Claude.

Ceci nous amène à dire un mot de ces deux importants personnages.

Non pas importants à cause de leur position sociale (soit dit pour Claude du moins), car la Javelle n'est autre que le valet de chambre et le serviteur favori du marquis.

Son vrai nom est Bernard Durand; mais il est tellement accoutumé à celui de la Javelle, que tout au plus se souvient-il d'avoir porté l'autre. Ses compagnons d'armes l'ont affublé de ce sobriquet, dû à sa longue taille, d'une maigreur excessive au temps où il était l'ordonnance du lieutenant de Courthenoy, aux chasseurs d'Afrique.

Jamais la Javelle n'a quitté son officier. Quand celui-ci abandonna les armes, la Javelle le suivit. Il vit naître les enfants du marquis et n'a pas cessé de l'appeler son colonel; il les aime tous deux, mais André est l'objet de son idolâtrie.

Claude, lui, est bien peu de chose : un pauvre orphelin, un enfant trouvé.

Petits enfants, savez-vous tout ce qu'il y a de navrant dans ce mot : enfant trouvé?

L'enfant trouvé n'est pas un orphelin ordinaire; rien ne lui fut donné : ni famille, ni foyer, ni patrie. Jamais il ne dira en montrant un logis quelconque : « C'est là que je suis né. » Il est l'objet d'une pitié dédaigneuse, parfois d'une indifférence cruelle. Pour le réhabiliter, pour l'aimer, il faut les entrailles de la divine charité, de cette charité chrétienne qui a produit un apôtre comme saint Vincent de Paul.

La marquise Blanche était un de ces anges qui savent compatir à toutes les misères et ouvrent à l'infortune des bras d'autant plus empressés, que l'infortune est plus profonde.

Un matin de décembre (c'était peu de temps après la naissance de son fils), elle trouva un attroupement sur la place de l'église. Le sacristain, venant ouvrir la porte, avait entendu des cris plaintifs. Étonné, il regarda autour de lui, et, dans la demi-obscurité qui régnait sous le porche, il aperçut une pauvre petite créature enveloppée de mauvais langes. Quelques femmes, se rendant à la messe matinale, l'entourèrent bientôt, et le groupe, grossissant toujours, ne tarissait pas en exclamations et en commentaires.

Ce fut sur ces entrefaites qu'arrivèrent la marquise d'un côté et le curé de l'autre. Le fait leur fut raconté; on leur montra l'enfant. Une brave paysanne, mère d'un beau nourrisson, l'avait allaité et réchauffé, et maintenant il dormait d'un bon sommeil. C'était un gros garçon de quelques mois; rien ne révélait son origine, puisque le linge qu'il portait n'avait aucune marque.

La marquise, en le regardant, pensait à son fils, et ses yeux se remplissaient de larmes.

« Pauvre petit! murmura-t-elle.

— Le plus pressé est de lui donner le saint baptême sous condition, car nous ignorons s'il l'a reçu, dit le curé; puis M. le maire s'occupera de le placer à l'hospice de Poitiers, tout en faisant des recherches pour trouver sa famille. Qui veut être parrain et marraine?

— Je serai le parrain, monsieur le curé, dit le sacristain.

— Et moi la marraine, » ajouta la marquise.

Claude Jolly, le sacristain, s'inclina, confus d'un tel honneur. Le baptême fut donné à l'enfant sur-le-champ, après quoi la marquise dit au curé :

« J'ai maintenant des droits sur ce pauvre petit; il n'ira point à l'hospice. Si, comme c'est trop probable, on ne trouve pas ses parents, je me charge de lui, et, Dieu aidant, nous en ferons un honnête homme et un bon chrétien. »

C'est ainsi que le petit Claude devint le protégé de la marquise. Nourri dans la maison d'une villageoise, il recevait souvent la visite de sa marraine. Dès qu'il fut assez grand, il vint au château, où il partagea les jeux de Lucienne et d'André.

Il allait à l'école au bourg de Charvettes, et, le reste du temps, il cherchait à se rendre utile aux domestiques, notamment à Joséphine, qui se montrait affectueuse envers lui. Il ne se passait pas de jour sans que Claude vînt frapper doucement à la porte de la cuisine de cette dernière et dit, en passant la tête dans l'entre-bâillement :

« Avez-vous besoin de quelque chose, mademoiselle Joséphine? »

Et il allait gaiement faire la commission, ou, s'il ne le pouvait, il la portait à la Javelle, dont il était également le protégé.

Mais, s'il aimait la Javelle et Joséphine, il éprouvait une enthousiaste vénération pour la marquise et ses enfants.

Il appelait le plus souvent la première marraine. Elle-même avait voulu qu'il lui donnât ce nom; et quand elle prenait de ses belles mains la tête brune de Claude et lui mettait un baiser au front, le cœur de l'enfant trouvé se dilatait; il éprouvait l'illusion d'une famille.

Son rêve était de servir André, qu'il considérait à peu près comme un frère de lait.

« Quand nous serons grands, je serai votre valet de chambre, comme la Javelle pour M. le marquis, lui disait-il.

— Non, répondait le lionceau en secouant sa crinière, parce que je veux être marin, et qu'un marin n'a pas de valet de chambre; ce serait ridicule. Si tu ne veux pas être marin, tu seras mon intendant; si tu me suis, eh bien, quand je serai capitaine de vaisseau, je te ferai mon lieutenant. »

Claude soupirait.

« Je n'ai jamais vu la mer, et je ne sais pas si j'aimerai ça; mais c'est égal, monsieur André, je vous suivrai tout de même. Seulement m'est avis que pour être lieutenant, comme vous dites, faudrait être savant.

— Sans doute, nigaud; tu étudieras. »

Cette conversation se reproduisait, avec des variantes, au moins une fois par mois.

Mais revenons à Mlle Solange.

Pour le moment, nous la trouvons assise sur son fauteuil à dossier droit, tricotant avec ardeur de gros bas de laine pour une vieille femme du bourg.

C'est sa part dans les travaux charitables de la marquise.

« Je vous laisse le reste, ma chère nièce, lui dit-elle : taillez, cousez pour les pauvres gens; c'est votre affaire. Moi, je ne puis que tricoter; accordez-moi au moins cela. »

Elle fait donc habilement cliqueter ses aiguilles tout en

écoutant la lecture que fait à haute voix Joséphine dans la
Vie des saints; et il ne lui faut pas une petite attention pour
comprendre, vu les étranges choses qui sortent parfois de
la bouche de la lectrice.

Elle dit :

« Animée du zèle de la vraie foi, sainte Rose de Viterbe
« vainquit, dans une discussion publique, les mécaniciens...

— Les mécaniciens? interrompit ici Mlle Solange. Je
ne comprends pas bien... Vous vous trompez sans doute,
Joséphine.

— Que Mademoiselle me pardonne! je ne me trompe point,
il y a mécaniciens.

— C'est étrange, vraiment étrange. Continuez, ma bonne.

— « Contre les mécaniciens, hérétiques très dangereux.

— J'y suis, Joséphine. Il doit y avoir des « manichéens ».

— Oui bien, Mademoiselle; vous avez juste deviné. »

Un coup bruyant de sonnette fit sursauter Joséphine.

« Ah! Mademoiselle, voici M. André; je reconnais sa
manière de sonner. Je puis poser le livre, vous aurez un
meilleur lecteur que moi. »

Tout en parlant, elle ouvrait la porte, et André sautait
au cou de sa tante avec l'impétuosité qu'il mettait à toutes
choses.

Il n'était pas seul : Lucienne, Amaury, Sara et Marthe
l'accompagnaient.

« Ils ont tous voulu venir vous voir, tante, dit Lucienne.

— Voilà une aimable et charmante pensée, mes chers
enfants, fit gracieusement la bonne demoiselle. C'est fort
gentil de distraire quelques minutes de ses récréations pour
visiter une vieille femme. Lucienne, montre-leur les albums;
il y a de jolies gravures qui les amuseront.

— Après, tante. Votre lecture est-elle finie?

— Pas tout à fait, ma chère petite.

— Je vais la finir d'abord.

— Pas du tout, ce sera moi, fit André en s'emparant du
volume. Je n'ai pas envie de m'amuser, moi. »

Lucienne n'insista pas, et le petit garçon, s'asseyant près
de Mlle Solange, commença à lire d'une voix claire et avec
une intonation qui montrait la compréhension des choses.

C'était l'habitude des enfants, lorsqu'ils venaient chez

leur tante, de suppléer Joséphine dans ses fonctions de
lectrice.

Quand il eut fini, il ferma le volume et resta silencieux.

« Tu ne rejoins pas les autres? demanda doucement
Mlle Solange.

— Oh! ma tante, il ne joue pas aujourd'hui, dit Lucienne,
qui avait entendu. Il est de mauvaise humeur; il est dans ses
jours...

— Dans ses jours?

— Oui, tante, dans les jours où il voudrait être auprès de
maman sans la quitter. Ça le prend, vous savez. Et il n'est
pas content, parce que maman l'a renvoyé.

— Renvoyé! Ce n'est pas vrai! s'exclama le petit garçon.
Elle m'a dit seulement d'aller jouer parce que...

— Parce qu'elle avait à causer avec ma tante de Fontagues,
acheva tranquillement Lucienne. Il n'y a pas là de quoi
froncer le sourcil comme tu le fais depuis. Mais tu es jaloux,
tu voudrais que maman ne parlât qu'à toi.

— Allons, allons, Lucienne, paix, dit doucement la
vieille tante. On peut n'avoir pas envie de jouer sans être
de mauvaise humeur pour cela. Laisse ton frère près de
moi s'il le préfère. »

Quand les enfants prirent congé de Mlle de Valfrède, André
resta le dernier, et, se suspendant à son cou, il murmura
tout bas :

« C'est vilain d'être jaloux, n'est-ce pas, tante?

— Certes, mon cher enfant; mais Lucienne se trompe,
tu n'es pas jaloux. »

Il soupira en hochant la tête.

« Je... crois que si, tante. Quand j'aime bien une personne,
je la voudrais pour moi tout seul. C'est comme cela que j'aime
maman.

— Pourtant tu n'es pas jaloux de ta sœur?

— Oh! non, tante, ni de ma sœur ni de papa; mais je ne
sais pas, je ne peux pas bien m'expliquer... J'ai été fâché
aujourd'hui que maman n'ait pas voulu me garder; j'en ai
voulu à ma tante de Fontagues. »

Sans savoir pourquoi, Mlle Solange eut le cœur serré.
Elle attira vers elle l'enfant passionné et l'embrassa en
disant :

« C'est un mauvais sentiment dont tu demanderas pardon à Dieu. Les enfants n'ont pas besoin de savoir ce qui regarde leurs parents, et, quand ceux-ci jugent à propos de les éloigner, ils ne doivent point murmurer ni en garder rancune. Et puis songe que ta mère jouit de toi tous les jours, tandis qu'elle est privée de sa sœur depuis longtemps. Tu me comprends, n'est-ce pas ?

— Oui, tante, et je ferai ce que vous me dites.

— Et, pour commencer, tu joueras gentiment avec ta sœur et tes cousins.

— Oui, tante. »

Il s'envola, et la bonne demoiselle se surprit à murmurer :

« Que le bon Dieu lui conserve sa mère, le pauvre enfant ! »

Puis elle songea :

Heureusement ce malheur ne le menace pas.

Pendant ce temps, Mme de Fontagues, très pâle, mais ferme, pressait tendrement les mains de sa sœur, dont la tête reposait sur son épaule. De grosses larmes roulaient brûlantes sur les joues de la marquise.

« Pleure, si les pleurs te soulagent, dit Mme de Fontagues, mais ne désespère pas. Dieu est tout-puissant, Dieu est bon, il te gardera à nous.

— Si tu savais comme de t'ouvrir mon cœur m'a fait de bien ! bégaya la marquise. Je souffrais depuis si longtemps sans en parler à personne ! Parfois je veux m'abuser, j'essaye de me bercer d'un espoir chimérique ; mais au fond je sais, à n'en pas douter, que je suis condamnée. Comprends-tu ce mot, Nathalie ? condamnée à trente ans !

— Folle, tais-toi ; ne répète pas de si vilaines choses. Je ne reconnais plus ma courageuse Blanche. Ne sais-tu pas la maxime si vraie : « Aide-toi, le Ciel t'aidera ! »

— Je ferai tout, Nathalie, je ferai tout avec courage ; mais je n'espère plus.

— Ainsi tu mets des bornes à la puissance ou à la bonté de Dieu ?

— Non, ma sœur ; mais je ne mérite pas un miracle.

— Eh ! qui parle de miracle ? Grâce à Dieu, nous n'en sommes pas là. Ce qu'il te faut, ce sont les soins d'un savant, d'un docteur expérimenté, et avec cela de l'énergie et de la confiance.

— Tu le crois véritablement, ma Nathalie?

— Si je le crois? c'est-à-dire que j'en ai la certitude.

— Mon Dieu! si c'était vrai pourtant! murmura la pauvre jeune marquise. Hugues, mes enfants chéris, je resterais près de vous! »

Elle ferma les yeux comme pour mieux voir passer devant elle cette vision charmante : la vie, la vie chère et précieuse à cause des êtres bien-aimés qui l'y attachaient.

Mme de Fontagues voulait avertir le marquis; mais elle avait trop de tact et de bonté pour ne pas y apporter tous les ménagements possibles. Elle attendit donc une occasion favorable. Cette occasion se présenta le lendemain.

De tous les usages modernes, le marquis n'avait adopté que l'habitude de fumer un cigare après son dîner. On ne connaissait pas, au château de Courthenoy, la pièce appelée aujourd'hui un fumoir. Le marquis se contentait donc d'arpenter, le cigare aux lèvres, l'allée de chênes superbes qui lie le manoir et la forêt.

En revenant de sa promenade solitaire, il fut surpris de trouver sa belle-sœur assise sur un pliant au pied du premier chêne de l'avenue et travaillant avec son activité habituelle.

Il s'arrêta et échangea quelques mots avec elle. Comme il s'éloignait, elle le retint :

« Puisque nous sommes seuls, voudriez-vous m'accorder quelques instants, marquis? »

Il s'inclina, non sans étonnement.

« Le motif de cet entretien nous est cher à tous deux, c'est... la santé de Blanche. »

Il tressaillit.

« La santé de Blanche! Mais il me semble qu'elle est bonne.

— Je crains que vous ne vous trompiez, Hugues. Ne la trouvez-vous pas changée?

— En aucune façon, répondit-il avec un léger mouvement d'impatience, que sa politesse ne parvint pas à dissimuler. Voilà bien comme sont les femmes, elles s'alarment pour un rien : une pâleur, un malaise nerveux, que sais-je?

— Il ne s'agit pas de cela, marquis. La santé de Blanche est malheureusement trop gravement atteinte. »

Cette fois le marquis, saisi par le ton sérieux et triste de son interlocutrice, se sentit troublé.

« Qu'elle consulte! dit-il enfin. Moi, je fais peu de cas des médecins; mais la marquise est un peu frêle, et...

— Un médecin ordinaire ne lui suffit pas. Hugues, croyez-moi, menez-la à Paris. »

Il devint pâle, et marchant vers sa belle-sœur avec une sorte de violence :

« Sa vie est-elle en jeu? articula-t-il d'une voix sifflante. Parlez, parlez; sur quoi vous fondez-vous? »

Mme de Fontagues ne répondit pas; mais elle tira de sa poche un mouchoir brodé aux initiales de Blanche et l'étendit dans toute sa largeur.

Un sang vermeil l'empourprait en maint endroit.

En face de ce terrible indice, le marquis chancela comme s'il eût reçu un coup de massue. Il arracha le mouchoir des mains de Mme de Fontagues, le regarda un moment sans parler; puis d'un accent étranglé :

« Dans trois jours nous serons à Paris. Merci, ma sœur. »

Il s'éloigna d'un pas rapide.

Le surlendemain, M. et Mme de Fontagues quittaient Courthenoy, et le jour suivant le marquis emmenait sa femme à Paris.

IV

« Pourquoi papa et maman sont-ils partis sans nous? »
Voilà ce que demandait André à sa sœur, à Gabriel, à
Mᴵˡᵉ Solange.

Lucienne hochait tristement la tête et répondait : « Je
ne sais pas. » Les autres donnaient des raisons générales :
Cela n'était pas l'affaire d'André; ses parents l'avaient jugé
sage, etc. Mais au fond des âmes il y avait un pressentiment
sinistre, ce quelque chose qui nous oppresse à l'approche
d'un malheur.

Le voyage fut de courte durée. Le marquis revint sombre
et préoccupé, la marquise plus pâle et plus alanguie. Tous
deux démêlaient, à travers les restrictions dont le prince
de la science avait enveloppé ses paroles, une sorte d'arrêt
fatal.

Blanche embrassa ses enfants avec transport, comme si elle
avait craint de ne les plus revoir; puis elle reprit sa vie
accoutumée, avec cette différence qu'elle ne sortait plus
que très rarement et qu'elle était alors couverte de chaudes
fourrures, en dépit de la température très douce.

Avec octobre vinrent les brumes, les pluies, le vent.

Le marquis dit un soir à sa femme :

« Les temps sont mauvais; nous partirons la semaine
prochaine. »

La marquise leva languissamment la tête et demanda :

« Quel lieu avez-vous choisi, mon ami?

3

— Menton, répondit-il. On en dit des merveilles.

— Et jusqu'à quelle époque y resterons-nous?

— Vous le savez, Blanche, jusqu'au mois de mai. Le docteur dit qu'il faut ce temps pour compléter votre guérison. »

Elle détourna la tête sans mot dire, afin que son mari ne vît pas deux larmes glisser le long de ses joues blanches. Il poursuivit avec effort :

« Le dévouement de M. Davy et de miss Jane nous permet de laisser sans crainte nos enfants sous leur garde ; cependant, si vous le désiriez, nous pourrions les confier à Mme de Fontagues, qui ne refuserait pas de s'en charger. »

La marquise fit un geste d'effroi et tourna vers lui un visage bouleversé.

« Hugues, fit-elle, je vous en supplie, ne me séparez pas de mes enfants.

— Ma chère Blanche, dans l'intérêt de votre santé il vaut mieux qu'il en soit ainsi. Nous n'aurons pas à Menton une demeure comme celle-ci. En dépit des recommandations, leurs jeux, leur bruit vous fatigueront, vous feront du mal.

— Moins que leur absence, Hugues. Oh ! ne me demandez pas de les abandonner, fût-ce pour un jour. J'ai trop souffert pendant que nous étions à Paris. Emmenons-les, emmenons-les, ou laissez-moi ici. J'ai besoin d'eux plus que du soleil de Menton. Hugues, ne me causez pas cette douleur.

— Vous n'êtes pas raisonnable, Blanche, dit le marquis d'une voix presque dure. Vous ne songez pas que leurs études vont être arrêtées ; car enfin nous ne pouvons traîner avec nous précepteur, institutrice, le château tout entier.

— Ah ! ils étudieront plus tard, balbutia-t-elle d'un ton navré. Ils auront le temps d'étudier plus tard. »

Et elle fondit en larmes.

« Blanche ! fit le marquis avec reproche.

— Pardon, reprit-elle en joignant les mains, je vous ai affligé, mon ami. Ce sont des idées noires qui...

— Et c'est pour que vous n'ayez plus de ces vilaines idées que je ne veux rien vous refuser, répliqua-t-il en la serrant affectueusement dans ses bras. Les enfants nous suivront, je trouverai un moyen de tout arranger. »

La certitude de ne pas être séparée de ses enfants ramena le calme dans l'esprit de Blanche ; elle s'efforça de paraître gaie afin de rassurer son mari, et l'on s'occupa des préparatifs du départ. Mlle Solange était mortellement triste, et Joséphine s'efforçait vainement de la rassurer.

« Après tout, Mademoiselle, personne ne dit que la vie de Mme la marquise est en danger. Le grand médecin de Paris a ordonné ce voyage comme une mesure de précaution. »

Mlle de Valfrède hochait la tête.

« Voyez-vous, ma pauvre Joséphine, je n'aime pas ces voyages dans le Midi; ils ne présagent rien de bon. »

Claude errait par les cours, les jardins, les longs corridors, se demandant ce qu'il deviendrait quand sa chère marraine serait partie.

« Voyons, console-toi, lui dit André. D'abord tu auras Joséphine, qui t'aime beaucoup; et puis, pour te distraire, je t'écrirai toutes les semaines; je te conterai tout ce que j'aurai vu de beau à Menton.

— Vrai, monsieur André, vous feriez ça? s'écria Claude tout joyeux. Et vous me donnerez des nouvelles de ma marraine?

— Toutes les fois. Vois-tu, je suis content, moi, parce que le bon air de Menton guérira tout à fait ma petite mère. »

En dépit de ces heureux pronostics, le jour du départ fut un triste jour. Mme de Fontagues était accourue pour embrasser sa sœur. Au moment de se séparer, la marquise l'étreignit en lui disant tout bas :

« Te reverrai-je? »

Afin de ne pas arrêter les études de ses enfants, le marquis s'était décidé à emmener Gabriel Davy, qui se chargerait à la fois de Lucienne et d'André. Miss Jane restait au château.

L'installation à Menton se fit dans les conditions les plus favorables. Le marquis avait loué pour la saison une charmante villa en dehors de la ville et tout près de la mer. Des fenêtres de la maison, l'œil de Blanche s'égarait sur les flots bleus de la Méditerranée, suivait les voiles des pêcheurs et les bateaux de plaisance qui berçaient les promeneurs sur ces belles vagues tranquilles; et si elle se lassait de ce décor splendide, elle pouvait contempler à loisir les bois d'orangers, les massifs de citronniers, de myrtes et de rhododendrons qui couvraient au loin la campagne.

Était-ce l'influence de ce beau climat, de ce printemps éternel et fleuri, de cette mer toujours azurée, toujours paisible? Le sang remonta aux joues de la marquise, son pied s'affermit, ses regards retrouvèrent leur lueur douce, elle ne fit plus entendre qu'à de longs intervalles cette toux faible et saccadée qui causait au marquis des tressaillements nerveux.

De jour en jour ses forces semblaient renaître. Après s'être contentée de faire quelques pas en dehors de la villa, elle en vint à entreprendre d'assez longues promenades. Le front du marquis s'éclaircissait; la malade elle-même se reprenait à l'espérance et souriait de nouveau à l'existence qu'elle avait cru abandonner.

Cette confiance se faisait jour dans ses lettres à sa sœur.

Là elle épanchait son âme tout entière.

« Je crois, oui, je crois vraiment que Dieu veut me faire grâce, lui écrivait-elle au mois de février. Je sens comme une sève fortifiante couler dans mes veines. Béni soit le Seigneur pour avoir prodigué à ce doux climat les riches effluves qui relèvent les corps épuisés! Mon cœur s'exhale en actions de grâces infinies. Prie, ma Nathalie, pour que ce ne soit pas un beau rêve. »

Peu de jours après, la marquise manifesta le désir de faire une promenade en mer. On s'embarqua vers deux heures de l'après-midi. Le temps était magnifique, le soleil étincelant; pour satisfaire la jeune femme enthousiasmée, on prolongea le plaisir; mais la brise fraîchit tout à coup, et l'on dut se hâter de gagner le rivage. Blanche, bien qu'enveloppée d'un chaud manteau, frissonna plusieurs fois, et, en mettant le pied sur la terre, elle murmura:

« J'ai eu froid. »

On eut peine à la réchauffer, elle dormit mal; le lendemain elle toussa. En vain on redoubla de précaution, de soins dévoués et attentifs; la période d'amélioration était terminée, celle d'aggravation commençait. En quelques jours disparurent tous ces symptômes heureux qui avaient mis des mois à se manifester. Ce n'était plus de la pâleur qu'on voyait sur le visage de la marquise : les pommettes, d'un rose vif, tranchaient sur les tons de cire des traits; les yeux luisaient d'un éclat étrange ou s'éteignaient comme à l'approche de la mort; la toux augmentait, et à chacun des accès le sang vermeil couvrait le mouchoir de la malade.

Elle comprit que c'en était fait; sans plainte, sans murmure, elle dit adieu à l'espérance et accepta d'un cœur soumis la volonté de Dieu. Sa voix devint plus tendre; jamais elle n'avait mieux montré aux siens son ardente affection. Elle gardait plus longuement ses enfants auprès d'elle et priait Gabriel Davy de leur donner des leçons dans sa chambre. Quand le jeune homme lui parlait de la fatigue qu'elle en pourrait ressentir, elle souriait d'un sourire ému et répondait :

« Vous parlerez un peu plus bas, n'est-ce pas? Pourvu que mes yeux se reposent sur leurs têtes chéries, je suis heureuse. »

Parfois elle ajoutait, quand nul autre que Gabriel n'était à portée de l'entendre :

« J'ai si peu de temps à les voir! »

Et le précepteur, l'âme navrée, n'avait pas la force de la tromper.

A la fin de mars, elle dit un jour au marquis :

« Ma sœur m'écrit qu'à Poitiers le temps est exceptionnellement doux. Mon ami, je voudrais retourner à Courthenoy.

— C'est bien tôt, Blanche.

— Pas trop tôt, Hugues, je vous l'assure. Oh! faites-moi ce plaisir, accordez-moi cette grâce; ne me laissez pas mourir parmi des étrangers.

— Ma pauvre amie, ne répétez pas ces cruelles paroles. Vous vivrez, vous guérirez.

— Eh bien, reprit-elle en souriant faiblement, permettez-moi de guérir chez nous. »

Le soir, le marquis consulta le docteur, et, sur sa réponse, le voyage fut décidé.

Il se fit avec une prudente lenteur. Néanmoins la malade était épuisée quand, par un beau soir, la voiture gravit la pente douce qui donnait accès au château.

Les serviteurs, silencieux et tristes, la bonne demoiselle Solange, miss Jane, Mme de Fontagues elle-même, venue là avec son dernier enfant, charmant bébé de quatre mois, l'entourèrent.

La marquise sourit à tous, embrassa sa vieille tante et miss

Jane, tendit aux domestiques sa main amaigrie, et se laissa
aller dans les bras de sa sœur en murmurant :

« Oh ! qu'il fait bon ici ! que je me sens heureuse ! »

On la coucha aussitôt, et désormais elle ne quitta plus
guère le lit. Sa vie s'en allait goute à goutte, comme l'eau
qui filtre doucement à travers un vase fêlé.

Mme de Fontagues était retournée à Poitiers, où sa maison
réclamait sa présence; mais deux fois par semaine elle
accourait à Courthenoy. A chaque visite elle constatait un
dépérissement dans les forces de Blanche, et son cœur
se brisait en voyant se courber vers la tombe une existence
si nécessaire.

Le curé de Charvettes venait tous les jours, et se retirait
à la fois édifié par cette résignation sublime et désolé de
cette perte irréparable.

Blanche comprenait qu'elle ne devait plus compter que par
jours et faisait en quelque sorte le testament de son cœur.
De temps à autre elle demandait quelqu'un de ses serviteurs
ou de ses amis et leur adressait ses recommandations su-
prêmes. Elle se préoccupait surtout de ses enfants.

« Ils n'auront plus de mère, disait-elle à miss Jane; qu'au
moins il leur reste des protecteurs, des cœurs dévoués ! Vous
les avez vus tout petits, chère miss, je sais que vous les
aimez : promettez-moi de ne les abandonner jamais. »

La bonne Irlandaise fit en pleurant la promesse demandée.
La marquise adressa la même prière à Gabriel Davy. Il lui
semblait que ses bien-aimés orphelins n'auraient jamais assez
d'amis.

Semblables recommandations à la Javelle. Le vieux soldat,
qui avait vu la mort sans pâlir sur les champs de bataille,
essuyait ses yeux avec sa manche lorsqu'il sortit de cet
appartement.

Le petit Claude rôdait souvent autour de la chambre de
sa bienfaitrice et parfois réussissait à s'y glisser. La marquise l'accueillait toujours avec de douces paroles. Un jour
elle le retint près de son lit et lui dit :

« Bientôt tu ne me verras plus, mon pauvre petit. Le bon
Dieu va m'enlever à ce monde.

— Oh ! marraine ! balbutia l'enfant en sanglotant.

— Ne te désole pas, dit-elle avec bonté. De là-haut je te

protégerai, Dieu le permettra. Je te recommanderai au marquis; il ne t'abandonnera pas si tu continues à être un bon et honnête garçon. Écoute, mon Claude; tu vas faire ta première communion, tu seras presque un homme, je veux te parler aujourd'hui comme à un homme. Tu m'aimes bien, tu aimes Lucienne et André, n'est-ce pas?

— De tout mon cœur, marraine.

— Ils auront beaucoup de chagrin; fais ce que tu pourras pour les consoler. André cause souvent avec toi; vous parlerez de moi ensemble, cela lui fera du bien. Et puis il peut un jour avoir besoin de toi.

— Besoin de moi, lui, marraine!

— Qui sait, mon enfant? Les humbles et les petits tels que toi ont été quelquefois des instruments dont le Seigneur s'est servi pour faire de grandes choses. Si mes enfants réclamaient ton dévouement, jure-moi qu'il ne leur manquerait point. »

Claude regarda la marquise avec une grande simplicité.

« Je le jure, » dit-il d'une voix ferme.

Blanche l'attira vers elle et le baisa au front.

C'était par échappées que la malade pouvait ainsi ouvrir son cœur à ces cœurs fidèles. Maintenant le marquis ne la quittait guère; Lucienne et André passaient de longues heures à son chevet.

Les pauvres enfants ne comprenaient pas encore que la mort s'approchait et qu'elle allait bientôt mettre sur leur mère sa main glacée; on se taisait devant eux, on leur cachait la triste vérité; mais ils la voyaient s'alanguir et de jour en jour se faner davantage. On les arrachait avec peine à ce lit d'agonie; il fallait que Blanche elle-même leur dît:

« Allez prendre l'air, mes chéris, je le veux. »

Alors ils sortaient lentement, et elle suivait d'un regard douloureux ces têtes blondes, ces chers trésors qu'il fallait abandonner.

Elle ne leur disait pas ouvertement adieu, elle voulait jusqu'au dernier moment leur laisser leur sécurité trompeuse; mais combien de recommandations voilées! que de caresses, d'ardentes étreintes!

Ils reçurent un premier coup le jour où ils virent le curé marquer de l'huile sainte les membres de la malade.

« Oh! Miss, dit Lucienne en se jetant tout en pleurs dans les bras de son institutrice, Miss, est-ce que maman va mourir?

— Chère enfant, ne savez-vous pas que le bon Dieu a mis dans ce sacrement une grâce de santé pour le corps comme pour l'âme?

— Si, oh! si, balbutia la pauvre petite; mais pour le recevoir, Miss, est-ce qu'il ne faut pas être en danger de mort? »

Miss Jane leva les yeux au ciel pour demander une inspiration; puis, serrant sur son cœur l'enfant désolée :

« Ma Lucienne, Dieu est le souverain maître de la vie et de la mort. Demandez-lui de vous garder votre mère. »

Tout en parlant, elle l'entraîna doucement, afin que ses sanglots ne troublassent point la mourante.

André, lui aussi, avait compris tout à coup. Raide et les yeux fixes, à genoux au pied du lit, il regardait comme en un rêve. Était-ce vrai? Dieu allait-il lui prendre sa mère?

Le bruit d'un sanglot étouffé attira l'attention de Gabriel. Il vint à l'enfant, qu'il releva.

« Venez, André, venez, mon pauvre petit! dit-il avec compassion.

— Non, dit André d'un ton farouche, je veux rester là.

— Votre mère prie. Voulez-vous la tourmenter, la désoler? »

L'enfant, docile, se laissa emmener.

Le lendemain, la marquise vit leurs yeux rougis, l'altération de leurs traits; elle les retint plus longtemps pressés sur sa poitrine et leur dit :

« Je suis mieux aujourd'hui, mes enfants chéris, beaucoup mieux. Je ne souffre pas. »

Elle disait vrai : elle ne souffrait plus, mais elle sentait sa vie s'éteindre. Tout le jour le marquis et ses enfants restèrent près de son lit. Elle ne chercha pas à les éloigner un instant; ses regards ne se détachaient de ces chers visages que pour se porter sur un crucifix qu'elle tenait entre ses mains.

Le soir, lorsque miss Jane vint avertir les pauvres petits qu'il était l'heure de se retirer, Blanche les serra dans ses bras.

« Embrassez-moi, murmura-t-elle, et dormez bien, mes trésors.

— Tu ne souffres plus, maman?

— Non, au contraire, de moins en moins. Embrassez-moi encore. Allez, allez dormir.

— A demain, bonne mère. »

Ils s'éloignèrent à pas lents. A la porte, André se détourna et bondit une dernière fois vers sa mère, qu'il enlaça.

« Chère, chère maman, comme je t'aime! au revoir.

Elle ne leur disait pas ouvertement adieu.

— Au revoir, mon bien-aimé, » répéta-t-elle avec une tendresse infinie.

Et lorsqu'ils eurent enfin disparu, elle joignit les mains.

« Oui, au revoir, mes anges, dans le ciel, et adieu, adieu sur la terre. »

Quand les pauvres petits accoururent, à leur réveil, vers la chambre de leur mère, Mme de Fontagues les arrêta dans le corridor, les prit dans ses bras et les y retint avec effusion.

« Ma tante, demandèrent-ils, comment va maman? »

Sans répondre elle ouvrit une porte, entra et les fit entrer après elle.

Ils la regardaient avec épouvante, n'osant plus l'interroger.

« Vous le savez, mes enfants, dit-elle enfin la voix pleine de larmes, quand le bon Dieu nous éprouve, nous devons nous soumettre à sa volonté, toujours juste, toujours sainte. Il lui a plu de vous frapper d'un coup terrible.

— Ma tante, balbutia Lucienne frisonnante, vous ne voulez pas dire que maman... »

Mme de Fontagues montra le ciel d'un geste éloquent.

Lucienne, en sanglotant, tomba dans ses bras. Mais André lui échappa et se dressa tout pâle.

« Non, bégaya-t-il la gorge serrée, non, maman n'est pas... morte! »

Et, chancelant soudain, il s'affaissa évanoui.

V

Une heure après, au sortir d'une crise nerveuse qui l'avait terrassée, Lucienne se glissait avec un tremblement dans la chambre de mort, où André était déjà.

Debout au chevet du lit, entre les grands cierges de cire jaune, le petit garçon contemplait d'un œil sec le pâle visage, encadré dans les flots épars de sa blonde chevelure, qui reposait sur les riches dentelles de l'oreiller.

Lucienne s'approcha sans bruit, et, saisissant la main de son frère, vint tomber à genoux près de lui.

« O maman! maman! » sanglota-t-elle, éperdue.

En voyant pleurer sa sœur, au contact de la petite main brûlante qui enserrait la sienne, André sentit son cœur se gonfler tout à coup. Ses genoux fléchirent, et les larmes jaillirent de ses yeux avec violence.

« Maman! maman! balbutia-t-il à son tour. Elle n'est plus là, Lucienne; quand nous l'appellerons, personne ne nous répondra plus... jamais! jamais! Nous sommes des orphelins, nous n'avons plus de mère. »

Il se prit à sangloter plus fort, les yeux toujours attachés sur la morte, tandis que Lucienne pleurait convulsivement, la tête ensevelie dans les courtines blanches.

Ce furent ces pleurs, ces soupirs, ces sanglots désolés qui arrachèrent à sa torpeur le marquis, jusqu'alors sans mouvement dans un fauteuil.

Il leva la tête, regarda, vit ses enfants, et une expression nouvelle, douleur profonde et en même temps paternelle compassion, détendit ses traits glacés.

Il marcha vers le lit, se pencha et mit un long baiser sur le front de Blanche; puis, touchant l'épaule des enfants, il dit tout bas :

« Venez. »

Lucienne se jeta à son cou; André, sans se lever, répondit :

« Laissez-moi là, papa, je veux rester auprès d'elle. »

Le marquis n'insista pas; il sortit à pas lents avec sa fille.

Cette fois, ce fut la main de Gabriel Davy qui se posa sur le bras du jeune garçon.

« André, fit-il doucement, levez-vous, obéissez à votre père. »

L'enfant ne répondit pas.

« André, venez, répéta le précepteur; il le faut, venez. »

Et d'un bras ferme il mit le petit garçon sur ses pieds. Mais André se débattit.

« Je ne veux pas, prononça-t-il; je resterai là tout le temps, entendez-vous? Je n'aime plus personne..., je n'aimais que maman !

— Oh! André, fit douloureusement le jeune homme, si votre mère vous entendait! »

Il s'agenouilla près de l'enfant, et l'enlaçant avec tendresse :

« J'ai dit : Si elle vous entendait! Elle vous entend du haut du ciel. Croyez-vous que cette parole de son fils puisse lui plaire? Ne vous souvient-il plus de ses avis si tendres? Avez-vous oublié les promesses qu'elle vous a demandées, promesses d'obéissance, de respect et d'amour à l'égard de votre père? C'est qu'elle savait bien que Dieu ne la laisserait pas longtemps près de vous. Vous ne le compreniez pas, pauvre petit; nous le savions, nous. Vous ne voudriez pas manquer à ces promesses sacrées, affliger l'âme chérie qui vous contemple et vous bénit. Eh bien! suivez-moi; venez, votre père vous attend. »

La tête du petit garçon tomba sur l'épaule de Gabriel.

« Non, dit-il, non, je ne veux pas faire de peine à maman, je... je vous suis. »

Le marquis était dans sa chambre, un bras passé autour de la taille de Lucienne, qui pleurait tout bas. André entra

sans frapper; il vint droit à son père. La douleur avait mis
son empreinte sur ce front sévère; dans les cheveux, d'un
noir de jais la veille, brillaient quelques fils d'argent. L'enfant
vit cela d'un coup d'œil et se précipita impétueusement dans
ses bras.

« Ah! mon fils, murmura le marquis, je souffre bien,
moi aussi!

— Cher papa, nous vous aimerons davantage, s'écria
André; nous vous aimerons deux fois. »

La voix lui manqua; mais le père et les enfants demeu-
rèrent longtemps embrassés.

Quelle consternation dans cette demeure naguère joyeuse!
On s'attendait à ce coup; il n'avait, hors les enfants sans
expérience, surpris personne, et, chose singulière, il semblait
qu'on n'y eût jamais songé. Cette douce jeune femme, qui
faisait peu de bruit autour d'elle, était en réalité l'âme de
tout ce qui l'entourait, et tous restaient stupéfaits, désœuvrés,
inertes, comme le corps dont l'âme est partie.

La même douleur régnait à Charvettes et dans les hameaux
d'alentour. Pour les pauvres, les infirmes, les délaissés, la
marquise était une providence visible. Depuis longtemps, il
est vrai, ils étaient privés de sa présence; mais elle pensait
à eux malgré ses souffrances, et ses dons généreux leur
parvenaient encore. Ils avaient espéré que leurs prières
arracheraient à la miséricorde divine la guérison de leur
protectrice; maintenant c'était fini...

Ils ne la verraient plus, sa fille ou son fils à la main,
franchir le seuil de leurs pauvres demeures, s'asseoir à leur
foyer, causant de tout ce qui les intéressait, caressant les
enfants, consolant les mères, grondant quelquefois les maris
ivrognes ou paresseux, mais toujours simple, bonne, sou-
riante, accomplissant le bien avec cette délicatesse qui fait
que le bienfaiteur paraît être l'obligé.

Il y eut bien des yeux mouillés; bien des voix prononc-
cèrent son éloge; bien des prières s'exhalèrent pour elle des
cœurs reconnaissants.

Le jour du service funèbre, la modeste église de Charvettes était trop petite pour contenir la foule empressée;
chacun voulait voir le marquis et ses enfants. Quand ils
sortirent entre une double haie de visages respectueux et

attendris, on remarqua la contenance affaissée de cet homme si droit et si fier ordinairement, et une pitié sincère se peignit sur les rudes physionomies des paysans.

Mais cette compassion se fit jour par des exclamations affectueuses à la vue des orphelins.

Lucienne, suspendue au bras de miss Jane, paraissait prête à défaillir. André marchait en chancelant, la tête renversée, ses yeux brûlés de pleurs attachés sur le char qui emportait la dépouille mortelle de sa mère, son bonheur, son amour! Il faisait peine à voir.

Mme de Fontagues devait partir le lendemain. Toute la journée elle garda les enfants près d'elle. Elle pensait d'abord que le marquis rechercherait leur présence; mais elle ne tarda pas à s'apercevoir qu'elle s'était trompée. Dans le premier élan de sa douleur, il avait senti un besoin inusité d'expansion; maintenant sa nature concentrée reprenait le dessus, et quand sa belle-sœur lui dit après le souper : « Hugues, ces pauvres petits ont besoin d'un peu de distraction, de changement de lieu, me permettez-vous de les emmener pour quelques jours? » il répondit avec une espèce de fatigue : « Oui, emmenez-les; la diversion leur fera du bien, et la complète solitude me sera également favorable. »

Mme de Fontagues monta le lendemain, avec les deux enfants, dans le train qui devait les mener à Poitiers.

La famille de Fontagues habitait, rue du Moulin-à-Vent, la vieille maison de Mme d'Alberne. C'était une demeure solide et commode, à l'intérieur de laquelle les coutumes actuelles avaient peu pénétré. Le confort et l'élégance, si appréciés de nos jours, n'y étaient établis que dans une certaine mesure, et la mère de famille y faisait régner avant tout l'ordre et l'économie.

Au matin, il y avait toujours une joyeuse rumeur, un bourdonnement confus comme celui d'un essaim. Les trois enfants allaient, couraient, chantaient, échangeaient de gais bonjours et de folles taquineries; les parents, indulgents, laissaient s'évaporer cette exubérance, qu'ils savaient contenir sagement dans les heures sérieuses.

« Maman doit arriver aujourd'hui, tu sais, Amaury? dit Sara, ce matin-là, en voyant son frère.

— Tant mieux ! fit le jeune garçon. A propos, tu ne sais pas si elle amènera André et Lucienne?

— Comment veux-tu que je le sache? Papa même l'ignore. Maman nous avait écrit avant-hier que peut-être elle n'obtiendrait pas la permission, et qu'elle ne la solliciterait point si notre oncle paraissait tenir en ce moment à la société de ses enfants.

— En ce cas, il ne faut pas trop compter sur eux; car bien sûr mon oncle, qui a tant de chagrin, voudra les garder. C'est égal, si je demandais à papa la permission de ne pas aller ce matin au collège?

— Il ne te l'accordera pas.

— Peut-être que si. Ce n'est pas un jour ordinaire; maman parlera de notre pauvre tante, et je voudrais être là pour l'entendre. Elle était si bonne, notre tante !

— Oh! oui, soupira la petite Marthe, dont les beaux yeux noirs s'humectèrent. Je l'aimais bien, et j'ai dit, en me levant, ma prière pour elle. L'avez-vous dite, vous? »

. Sara et Amaury se regardèrent avec confusion.

« Non, petite sœur, répondit ce dernier, je l'avais oubliée; tu as bien fait de m'y faire penser. Mais il faut que j'aille tout de suite demander la permission à papa. »

Il s'élança vers le bureau de M. de Fontagues, et revint en courant, au bout d'une minute.

« Je l'ai, dit-il tout essoufflé. Papa croit, lui, qu'André et Lucienne vont venir avec maman, qu'il vaut mieux que je sois là. »

Les trois enfants attendirent avec impatience l'arrivée de leur mère. Dans la pensée que, s'ils venaient, Lucienne partagerait leur chambre et André celle d'Amaury, Marthe alla cueillir des bouquets pour les vases, et transporta dans les deux pièces divers objets qu'elle supposait devoir plaire aux orphelins.

A dix heures, une voiture s'arrêta devant la porte cochère, et Mme de Fontagues, en mettant pied à terre, se vit entourée des visages chéris de son mari et de ses enfants.

A peine prit-elle le temps de les embrasser. Poussant doucement vers eux deux enfants en deuil, elle dit d'une voix émue :

« Les voici, aimez-les bien. »

M. de Fontagues leur ouvrit ses bras; ils s'y jetèrent en
pleurant.

Cette scène renouvelait leur douleur. Ils voyaient des
enfants près de leur mère, et pensaient que jamais, sur la
terre, ils n'embrasseraient la leur.

En les voyant sangloter, Amaury et Sara, interdits, n'osaient
approcher; mais la petite Marthe sauta au cou de Lucienne :

« Oh! cousine, cousine! j'ai du chagrin, moi aussi!... »
cria-t-elle.

Ce mot rompit la glace. Sara et Amaury se rapprochèrent,
et bientôt les cinq enfants, étroitement enlacés, disparurent
dans le jardin.

Mme de Fontagues les laissa à leur liberté. Elle savait que
ses enfants apporteraient la meilleure diversion au chagrin
d'André et de sa sœur.

Ses prévisions se réalisèrent. Ils vinrent au déjeuner,
André, moins abattu, écoutant les tendres paroles que lui
prodiguaient Marthe et Amaury; Lucienne, les yeux rougis,
mais souriant à demi, appuyée sur Sara.

« Croyez-vous que nous les garderons longtemps, Nathalie? » demanda M. de Fontagues quand, à la fin du repas,
ils se furent envolés.

Mme de Fontagues hocha la tête.

« Pas assez longtemps, répondit-elle avec tristesse. Je
connais le marquis, Léon; il m'a permis de les amener ici
parce qu'il avait besoin de solitude et de silence, parce que
ses enfants rouvraient une plaie vive en son cœur; mais
c'était un caprice, et les caprices sont peu durables. Bientôt
il nous les redemandera.

« Heureusement qu'à Courthenoy ils auront M. Davy et
miss Jane, deux cœurs dévoués qui les chérissent depuis
longtemps. Le marquis est autoritaire, peut-être un peu
despote; l'humeur noire dans laquelle il se plonge n'est
pas propre à le rendre plus traitable. Autrefois Blanche
adoucissait les angles; son mari était une barre d'acier
qu'elle couvrait de velours. Maintenant j'ai peur...

— De quoi, Nathalie? Le marquis aime beaucoup ses
enfants, après tout.

— Il les aime, certes, à sa manière; cela peut être suffisant
pour Lucienne, mais non pour André. Cet enfant, voyez-

vous, mon ami, a un cœur étrangement profond, le cœur de
Blanche. »

M. de Fontagues sourit.

« Ma chère amie, ne vous faites-vous pas un peu illusion?
dit-il. Qui peut se fier à la profondeur d'un cœur de dix
ans?

— Léon, vous ne savez pas à quel point il aimait sa mère.

— Si fait, vraiment ! comme nos enfants vous aiment ;
c'est tout naturel.

— Non, mon ami, ce n'est pas tout à fait la même chose.
Je ne veux pas dire qu'il l'aimait davantage, mais il l'aimait
autrement. J'ai étudié cette nature toute de feu, qui ne sait
rien faire à demi. Je vais compléter ma pensée : André a,
dis-je, le cœur de sa mère et la tête de son père. »

Le magistrat était devenu grave.

« Ceci est autre chose, dit-il ; cependant ce n'est pas un
malheur. Le marquis est hautain, cassant ; mais c'est une
nature chevaleresque, une âme généreuse, un caractère qui
n'a jamais dévié, ne fût-ce qu'une heure, du sentier de
l'honneur et des fermes principes.

— Tout ce que vous dites est vrai, Léon ; mais le marquis
a eu un bonheur qui manquera à son fils : une mère sage et
attentive a veillé sur sa jeunesse. Il m'a dit à moi-même :
« C'est à ma mère que je dois tout ce que j'ai de bon. »

« Ah ! si ma pauvre chère Blanche fût restée, je n'aurais
rien craint pour André ; mais songez-vous que cet enfant,
privé de la douce influence maternelle, se trouvera face à
face avec la volonté impérieuse de cet homme irritable qui,
même chez ses enfants, n'admettra que l'obéissance passive ;
de cet homme qui connaît l'affection, mais non la tendresse?
Je crains le choc de ces deux natures, semblables par certains côtés, tout à fait opposées par d'autres.

— Dieu veuille que vos appréhensions ne se réalisent
point, Nathalie ! En tout cas, nos conseils ne manqueront
pas à cet enfant.

— Jusqu'à quel point souffrira-t-on notre influence, Léon?
Le marquis est jaloux de son autorité, puis nous serons loin.
Pour moi, un seul point me rassure, l'affection et la soumission d'André pour M. Davy. Celui-ci obtiendra beaucoup,
je n'en doute pas. »

4

La bonté paternelle de M. de Fontagues, la tendresse de leur tante, la franche amitié de leurs cousins, produisirent une heureuse détente dans l'esprit de Lucienne et de son frère, jusqu'alors absorbés par une idée fixe. La belle gaieté de l'enfance ne revenait pas encore, mais déjà des lueurs passaient dans les yeux ; les mouvements reprenaient cette vivacité qui est une des grâces du jeune âge ; les fraîches couleurs remontaient aux joues pâlies.

Sara, dont l'âge se rapprochait de celui de Lucienne, était sa compagne favorite. Il était difficile pourtant de trouver un plus grand contraste entre deux natures : Sara, dont l'humeur altière ne laissait pas d'inquiéter la prudence maternelle, imposait ses goûts, ses désirs à sa cousine ; Lucienne subissait volontiers le joug ; loin de redouter la domination, son caractère docile l'appelait, pour ainsi dire.

Contrairement à leur sœur, Amaury et Marthe se pliaient avec une inépuisable complaisance aux volontés d'André. Marthe surtout, quand son frère était au collège, s'ingéniait en fait de prévenances à l'égard de son cousin, lui tenant compagnie, le sollicitant, l'amusant par tous les moyens imaginables.

Mᵐᵉ de Fontagues était souvent témoin de ces gentillesses ; elle souriait en silence, et remerciait Dieu d'avoir mis au cœur de sa fille le sublime instinct du dévouement.

Le dimanche matin, la famille de Fontagues assistait au complet à la grand'messe. C'était un exemple que le père et la mère devaient à leurs enfants.

Comme ils atteignaient le magnifique portail de Notre-Dame, ce beau spécimen de l'architecture romane qui est une des richesses de Poitiers, ils furent abordés par un vieux monsieur fort élégamment vêtu, qu'accompagnaient une jeune fille de petite taille, brune et jolie, et un garçonnet d'une douzaine d'années.

« Cher Monsieur, je n'espérais pas sitôt vous voir, s'écria le vieux monsieur d'une voix de fausset. Je comptais bien m'informer de votre adresse ; mais nous sommes arrivés d'hier seulement. Belle dame, tous mes compliments... Que vois-je ? du deuil ! Grâce à Dieu, vous n'avez perdu aucun de vos charmants enfants, car je les aperçois tous ; mais, Dieu me pardonne ! ils sont plus nombreux, ce me semble. »

Jusque-là il avait été impossible à M. ou à M⁽ᵐᵉ⁾ de Fontagues de placer un seul mot, tant le vieux monsieur avait
mis de pétulance dans son verbiage ; mais ici la jeune fille
brune l'interrompit cavalièrement :

« A quoi penses-tu donc, bon papa? Ne vois-tu pas que
ces enfants-là sont étrangers à M⁽ᵐᵉ⁾ de Fontagues ? dit-elle
en désignant Lucienne et André.

— Ils ne me sont pas étrangers, Mademoiselle, rectifia
doucement M⁽ᵐᵉ⁾ de Fontagues : ce sont les enfants de ma
sœur, la marquise de Courthenoy, que nous avons eu la
douleur de perdre.

— En vérité, ils sont ravissants! » s'écria la jeune fille.

Tout en parlant, elle prit le menton d'André, qui se
trouvait près d'elle, afin de le voir en face

André aimait peu les familiarités ; il se retira avec un
geste si farouche, que la jeune étrangère en parut, malgré
sa hardiesse, un peu déconcertée.

Son grand-père, pendant ce temps, expliquait avec volu-
bilité à M. de Fontagues qu'il avait définitivement abandonné
la direction de son usine à gaz et qu'il allait enfin se reposer.

« Je vous l'ai dit cent fois, cher Monsieur, le climat du
Midi ne m'a jamais convenu, les circonstances m'ont
contraint à y demeurer de longues années ; mais libre, à la
fin, je l'abandonne. Vos belles provinces de l'Ouest me
conviendraient parfaitement; je ne dis pas que je ne me
déciderai pas à y planter ma tente. Pour le moment je
voyage, je compare, je cherche l'endroit préférable, ou plutôt
mon Antonine cherche; en définitive, c'est elle qui fixera
toutes choses. Je puis en toute sécurité m'en rapporter à son
choix : cette enfant a toujours eu le discernement si juste! »

M. de Fontagues ne pouvait moins faire que d'ajouter
quelques mots polis à l'éloge de M⁽ˡˡᵉ⁾ Antonine.

Ce fut M⁽ᵐᵉ⁾ de Fontagues qui rompit l'entretien :

« Veuillez nous excuser, Monsieur, dit-elle; mais nous ne
pouvons jouir plus longtemps de votre présence, l'office
commencerait sans nous.

— Votre adresse, votre adresse! s'écria le vieux monsieur;
nous aurons le plaisir de vous aller voir tantôt. »

M. de Fontagues donna sa carte. Antonine se tourna alors
vers son grand-père :

« Dis donc, bon papa, puisque nous sommes sur le seuil
de l'église, si nous entrions...

— Si cela te fait plaisir, je ne demande pas mieux. Est-
elle curieuse, au moins, cette église ? »

La jeune fille ouvrit une brochure à couverture rose.

« Très curieuse, dit-elle. Vois : style roman, portail
orné, etc. Tout ceci est pour l'extérieur. Ah ! voici l'intérieur ; il y a des détails intéressants. Entrons, bon papa ;
c'est l'heure de la messe, nous y assisterons. »

Le grand-père exécuta une mimique qui ne prouvait pas
son parfait contentement. Il entra néanmoins sur les pas de
son indépendante petite-fille, qui faisait craquer ses hauts
talons et montrait à son frère, du bout de son ombrelle,
l'ornementation intérieure de la basilique.

L'*Asperges* commençait, force fut au vieillard et à ses
petits-enfants de prendre une attitude convenable. Ils
allèrent se placer devant la famille de Fontagues, et la vive
Mlle Antonine causa plus d'une distraction à Sara et à sa
cousine, ce dont l'œil vigilant de la mère de famille ne tarda
pas à s'apercevoir. Elle avertit d'abord du regard, et fit
baisser à plusieurs reprises les yeux des fillettes sur leur livre
de messe ; mais les évolutions d'Antonine, qui agitait son
ombrelle rouge et arrangeait les plis de son costume crème
et grenat, se renouvelaient trop souvent pour ne pas attirer
inévitablement leur attention. Par conséquent, après le prône,
Mme de Fontagues se leva sans bruit et changea de place
avec Lucienne, tandis que, sur un signe, Marthe prenait la
place de sa sœur.

Grâce à cette évolution, le reste de l'office se passa mieux,
Marthe, qui priait avec un petit air angélique, ne regardant
pas Mlle Antonine.

Du reste, la messe était à peine terminée, que la famille
étrangère s'ébranla et se mit à faire le tour de l'église.

« Quelle est donc cette demoiselle qui remue tant ?
demanda Lucienne à Sara, lorsqu'on retourna à la maison.

— C'est Mlle Antonine Claverel. Son grand-père était notre
plus proche voisin à Toulouse ; mais ils ne venaient pas très
souvent chez nous.

— Le petit garçon est son frère ?

— Oui ; il s'appelle Philippe, et il est très taquin. Il est venu quelquefois jouer avec Amaury, mais nous ne l'aimions pas, parce qu'il nous contrariait toujours.

— Sara, trouves-tu Mlle Antonine jolie ?

— Je ne sais pas, je ne m'y connais pas beaucoup, fit Sara, qui ne savait encore au juste ce que c'était que la beauté.

— Moi, je la trouve laide, dit André en fronçant le sourcil, laide et hardie.

— Est-ce possible ? murmura Lucienne, elle est si gentille ! »

Et elle prit l'air rêveur. Sans le savoir, elle était sous l'influence du mot d'Antonine : « Ils sont ravissants, » et partant disposée en faveur de celle qui avait ainsi flatté sa vanité enfantine.

VI

La famille de Fontagues venait seulement, après les vêpres, de rentrer au salon, lorsque M. Claverel et ses enfants se présentèrent.

Ils n'étaient pas sans doute les très bienvenus, car un léger nuage passa sur les fronts du magistrat et de sa femme; mais tous les deux avaient trop d'aménité naturelle et de tact bienveillant pour ne pas accueillir de bonne grâce les visiteurs importuns.

La conversation s'égara sur des généralités de toutes sortes. C'était la spécialité de M. Claverel; sa voix de fausset débitait avec une monotonie agaçante; mais il ne s'en rendait pas compte et continuait sans interruption. Il avait accaparé à son profit M. de Fontagues et ne semblait pas près de le lâcher. Sur l'ordre muet de sa mère, Amaury se rapprocha de Philippe; Antonine causait avec Mme de Fontagues, tout en regardant les petites filles d'un air distrait.

« Ainsi cette charmante blondine est votre nièce, Madame? dit-elle tout à coup. Savez-vous qu'elle est de mon goût, mais là tout à fait? Permettez-moi de nouer connaissance avec elle.

— Je doute qu'elle vous réponde beaucoup, fit Mme de Fontagues; d'abord elle est très timide; puis elle est sous le coup de la perte de sa mère. Les pauvres enfants ne peuvent encore contenir leur première douleur.

— Ah ! oui, c'est vrai, ils sont deux; son frère est cet

enfant au profil léonin qui a l'air de bouder là-bas dans son coin, et me fait les yeux noirs. Tant pis pour lui ! je veux parler à cette fillette si jolie. »

Mᵐᵉ de Fortagues arrêta la jeune fille par le bras.

« Mademoiselle, dit-elle d'un ton très sérieux, je dois vous avertir : vous me déplairiez si vous adressiez des louanges à Lucienne. A cet âge, on ne sait pas discerner l'exagération contenue dans les paroles flatteuses ; c'est un grand mal. D'ailleurs, vous connaissez mon opinion là-dessus. »

Antonine se mit à rire.

« Oui vraiment, Madame. Vous m'avez assez grondée pour deux ou trois mots à Sara. »

Puis elle rapprocha sa chaise de celle de Lucienne, qu'elle interpella gracieusement, ce qui fit rougir jusqu'aux yeux la fillette naïve et froncer les sourcils à André.

Cette belle demoiselle lui déplaisait fort. Il ne pouvait comprendre qu'elle parlât ainsi à sa sœur sans la connaître ; il appelait de tous ses vœux la fin de cette ennuyeuse visite, quand la sonnette retentit, et peu après un pas d'homme fit crier le sable de la cour. Presque au même instant le valet de chambre annonça :

« M. le marquis de Courthenoy.

— Papa ! » s'écrièrent à la fois Lucienne et André.

Et ils s'élancèrent au cou du marquis, dont la haute taille apparaissait sur le seuil du salon.

Mᵐᵉ de Fontagues échangea avec son mari un rapide coup d'œil qui signifiait : « Je ne m'étais point trompée. » Puis tous les deux s'avancèrent au-devant de leur beau-frère.

Il leur serra la main, et, jetant un regard sur les visiteurs, il leur adressa un salut poli mais hautain.

« Votre arrivée nous surprend agréablement, mon cher marquis, dit le magistrat. Vous avez eu une heureuse inspiration.

— Je ne pouvais plus supporter la solitude, » répondit-il brièvement.

En même temps il toisait de l'œil la famille Claverel, ne disant pas, mais faisant suffisamment comprendre qu'il trouvait ces gens-là bien osés de gêner par leur présence une réunion de famille.

M. Claverel n'y fit aucune attention. On eût dit qu'il avait

élu domicile à vie dans le salon de M. de Fontagues;
Mᵐᵉ Antonine vit le regard du marquis; elle rougit, se leva
et dit :

« Ne viens-tu pas, bon papa? Nous prenons congé,
Madame, ne vous dérangez pas. »

Et elle sortit la première, non sans avoir fait au marquis
un salut aussi raide, aussi fier que le sien.

Lorsque Mᵐᵉ de Fontagues revint au salon, elle le trouva
plongé dans le silence. Le marquis, la tête penchée, paraissait considérer avec une attention extrême le bout de
ses bottines; M. de Fontagues, embarrassé en le voyant
si sombre, si peu causant, se taisait; André et Lucienne
le regardaient d'un air un peu craintif.

Quand sa belle-sœur eut repris sa place, le marquis leva
la tête :

« Vous devinez ce que je viens faire, n'est-ce pas? »
demanda-t-il.

Mᵐᵉ de Fontagues se tut; son mari répondit :

« Certainement, Hugues. Vous venez vous retremper un
peu dans la vie de famille, passer quelques jours paisibles
à notre foyer. Dieu veuille que ces jours ne soient pas en
trop petit nombre! »

M. de Courthenoy hocha la tête, et ses yeux cherchèrent
le visage de sa belle-sœur.

« Ce n'est pas cela, fit-il. Vous ne dites rien, Nathalie;
je suis sûr que vous m'avez compris.

— Je le crains, répondit-elle.

— Eh bien! je viens chercher mes enfants. »

Lucienne ne put retenir un mouvement d'effroi.

« Déjà? soupira Mᵐᵉ de Fontagues. Il n'y a pas une semaine
encore que nous les avons.

— Le temps vous paraît court; il me semble long, à moi,
qui suis seul, toujours seul. »

Il articula ces derniers mots avec un accent si plein
d'amertume, que son fils saisit sa main et la baisa avec
transport.

Le marquis, ému par cette caresse spontanée, attira
l'enfant vers lui et le contempla longuement.

« Oui, j'ai besoin de toi, dit-il enfin, de vous deux pour
me rendre Courthenoy supportable.

— Au moins demeurez avec nous un ou deux jours, reprit M. de Fontagues.

— Pas un jour, Léon.

— Comment! pas un jour! Je compte bien que vous nous restez cette nuit.

— Pas même cette nuit. Je veux coucher chez moi. »

Ceci fut dit d'un ton qui n'admettait pas de réplique.

Mme de Fontagues demanda seulement :

« A quelle heure partirez-vous?

— Le train quitte la gare à sept heures quarante.

— S'il en est ainsi, je vais donner des ordres afin d'activer les apprêts du dîner. Aussitôt après, nous ferons atteler pour vous conduire. »

Elle sortit de nouveau. Les deux hommes entamèrent une conversation pleine d'efforts et d'embarras. Le caractère ouvert de M. de Fontagues ne pouvait se faire à celui du marquis; pas une fois le nom de Blanche ne fut prononcé; son souvenir ne fut point rappelé, même indirectement.

Pendant cet entretien, les enfants, blottis à l'écart, parlaient tout bas d'un air consterné. Le marquis avait toujours fait une certaine peur à Sara et à Marthe; Amaury lui-même n'aurait osé élever la voix en sa présence.

« Nous qui comptions vous garder longtemps! murmurait Sara. Et vous partez déjà! Ce n'était guère la peine de vous laisser venir.

— Papa est seul, il a du chagrin, dit André d'une voix ferme; il faut bien que nous le consolions. Tu sais, Lucienne, nous le lui avons promis.

— Je le sais bien, soupira la fillette; mais c'est égal, j'aurais aimé rester plus longtemps. »

On annonça le dîner. Il fut rapide et presque silencieux. Mme de Fontagues essaya vainement de l'animer; tous ses efforts échouèrent devant la tristesse glaciale de son hôte. Comme on servait le dessert, il se leva.

« Il est temps de partir si nous ne voulons pas être en retard. Au revoir, mon cher Léon; merci de votre hospitalité; merci à vous, ma sœur, pour vos bontés de mère envers mes pauvres enfants. »

Sa voix s'étrangla. M. et Mme de Fontagues lui serrèrent la main en silence.

« Papa, voulez-vous nous permettre d'aller embrasser notre petit cousin? demanda Lucienne.

— Quel cousin? Votre cousin Amaury est là. Ah! c'est juste, j'oubliais... Pardonnez-moi, Nathalie, je ne savais plus l'existence de votre dernier-né. »

André et Lucienne se hâtèrent de monter à la chambre où le Benjamin dormait sous la garde d'une jeune servante; ils baisèrent le front blanc et la main potelée et redescendirent au plus vite.

La voiture attendait; le marquis, la montre en main, avait peine à contenir son impatience. Les adieux furent abrégés. M. et Mme de Fontagues embrassèrent les enfants avec amour et les virent s'éloigner sans avoir réussi à obtenir la promesse de les revoir bientôt.

Une voiture conduite par la Javelle attendait à la station de Charvettes. Les yeux du brave serviteur s'illuminèrent en voyant ses jeunes maîtres, et, si le respect ne l'eût retenu, il eût bruyamment manifesté sa joie. Au moins restait-il là, bouche béante, un large sourire aux lèvres.

« Es-tu changé en statue? » lui dit son maître d'une voix brève.

L'avertissement suffit. La Javelle instantanément grimpa sur son siège et saisit les rênes en répondant :

« Nous partons, mon colonel. »

Le trajet était court. Le marquis descendit le premier, et, d'un mouvement machinal, prit les deux enfants par la main. Au moment où ils allaient franchir le pont, il sentit trembler dans les siens les doigts glacés de son fils.

« Tu as froid? dit-il avec douceur.

— Non, père, » répondit André d'une voix changée.

Le marquis le regarda. Les yeux de l'enfant étaient fixés sur une fenêtre inondée des rayons de la lune; les reflets doux et lumineux semblaient frapper aux persiennes et demander l'hospitalité, mais les persiennes restaient obstinément closes; la fenêtre ne devait pas s'ouvrir, c'était celle de la chambre d'une morte. Le marquis courba le front, et un profond soupir s'échappa de sa poitrine.

Miss Jane et Gabriel attendaient les enfants. Il les leur remit; puis, embrassant son fils et sa fille, il dit :

« Ne soyez pas trop attristés d'être revenus à la maison

paternelle; sans vous elle paraissait bien vide. Vous avez aussi à Courthenoy des cœurs qui vous chérissent, vous avez surtout votre père. »

Les pauvres petits avaient besoin de ces cœurs amis pour s'épancher à l'aise. Ils étaient peu pressés d'aller dormir, et seraient volontiers restés de longues heures dans la salle d'honneur; mais dix heures sonnaient, Gabriel déclara qu'il fallait prendre du repos.

« Chère miss, j'ai peur; venez avec moi, » dit tout bas Lucienne à l'institutrice.

La bonne miss Jane sentait que ce n'était pas le moment de faire des remontrances; elle consentit donc à suivre la fillette dans sa chambre et à demeurer près d'elle jusqu'à ce qu'elle fût endormie.

Gabriel, se souvenant que la pauvre mère allait ainsi les accompagner tous les soirs sans les laisser aux mains des domestiques, prit aussi André par la main. L'enfant se laissa faire; mais, quand il fut dans sa chambre, il se jeta dans les bras de son précepteur.

« Merci, Monsieur, dit-il avec émotion : vous n'avez pas voulu me laisser tout seul, le premier soir; vous êtes bien bon, et je vous aime. Mais, voyez-vous, ajouta-t-il d'un accent ferme comme celui d'un homme, il vaut mieux que je m'habitue à n'avoir personne. C'était bon quand maman était là; à présent je n'ai plus de mère. »

Et comme Gabriel insistait en l'embrassant :

« Je suis sûr, murmura le petit garçon, que cela fera plaisir à papa. Il disait quelquefois : Un garçon doit être courageux et se passer de lisières. Vous voyez, mon bon ami, que je dois rester seul. »

Dès le lendemain, André et sa sœur reprirent le cours de leurs études.

Lucienne aimait peu le travail; naturellement portée à la rêverie et au farniente, elle avait besoin de stimulant; André, au contraire, y portait son impétuosité native. Son intelligence, étonnamment claire et vive, saisissait promptement, et sa mémoire très fidèle savait retenir. Sous l'empire du chagrin qui le possédait, il se livra au travail avec plus d'ardeur que jamais.

Au déjeuner, le front du marquis s'éclaircit quand il vit

ses enfants près de lui. Ceux-ci se montrèrent pleins d'attentions à son égard. C'était la leçon de miss Jane et de Gabriel :

« Votre père souffre, multipliez les prévenances, les marques d'affection; faites tout ce que vous pourrez, non pour remplacer votre mère, mais pour suivre ses exemples. »

Et le marquis trouva très doux de voir la main de Lucienne mettre dans son assiette le morceau qu'il préférait, ainsi que le faisait jadis la blanche main de la châtelaine.

Le déjeuner terminé, André lui dit :

« Père, voulez-vous nous emmener avec vous? »

Le marquis hésita. Cette promenade que tous les jours il faisait dans la forêt, il aimait à la faire en compagnie de ses pensées; mais son hésitation ne dura pas; il pouvait maintenant jouir de ses enfants, c'était l'heure de la récréation; assez de moments de solitude lui restaient dans la journée.

« Venez, » leur dit-il.

La promenade d'une heure ne fut pas sans charme. Questionné par ses enfants, le père se vit obligé de se départir de son mutisme. Une main passée au cou de Lucienne, l'autre effleurant la blonde chevelure d'André, il répondit, interrogea à son tour, et sentit son cœur se dilater aux odeurs printanières des bois et aux chaudes tendresses de ces âmes enfantines.

« Vous nous emmènerez tous les jours, n'est-ce pas, papa? dit André au retour.

— Tous les jours? fit-il. Ne vous lasserez-vous pas de cette récréation monotone?

— Non, non, père; nous serons toujours contents d'être avec vous. »

Un pâle sourire se dessina sur les lèvres du marquis; il répondit : « Oui, » et scella sa promesse par un double baiser.

Un matin, André rencontra Claude dans le jardin. Le petit garçon partait pour l'école, ses livres sous le bras, et une petite casserole de fer-blanc à la main; il marchait avec lenteur.

« Qu'est-ce que tu portes donc avec tant de précaution? lui demanda André.

— Ce n'est pas grand'chose, monsieur André, répondit Claude, qui devint rouge comme une pivoine.

— Pas grand'chose? mais encore? »

Claude souleva le couvercle, la casserole était pleine de lait.

« C'est le lait de mon déjeuner, fit l'enfant. Voyez-vous, monsieur André, il y a la pauvre vieille Perrine, la veuve du tonnelier, vous savez? qui est toute paralysée. Il n'y a que le lait qu'elle boive avec plaisir ; alors je lui porte celui-ci, et je mange seulement mon pain. Ça ne me fait rien, à moi, qui ai bon appétit. »

Il mit deux pièces d'un franc dans la main de Claude.

André embrassa Claude avec effusion.

« Bon petit Claude, quel cœur tu as! Mais est-ce qu'on ne peut pas envoyer du lait à Perrine sans te priver du tien? Il y en a assez au château. »

Claude secoua la tête.

« Autrefois, monsieur André, elle en avait tous les jours, et bien d'autres choses encore. Mme la marquise ne manquait pas d'envoyer chez elle tout ce qu'il lui fallait. Elle était si bonne, ma marraine! »

Ici la voix du pauvre garçon faiblit, et les sanglots montèrent à sa gorge; ils éclatèrent tout à fait quand il vit de grosses larmes rouler sur les joues d'André.

« Pardon, s'écria-t-il, je vous fais de la peine. Je n'aurais pas dû dire ça, mon Dieu !

— Si fait, au contraire, dit André en lui saisissant la main. Crois-tu donc que je n'aime pas à entendre parler de maman? Oh! si, va, et j'en cause tous les jours avec ma sœur, et M. Gabriel, et miss Jane, et tante Solange, et j'y pense toute la journée, même en étudiant. O maman! ma chère maman! cela me fait tant de bien d'entendre parler d'elle!

— Et elle m'avait recommandé d'en causer avec vous, dit Claude en essuyant ses yeux. Je ne vous l'ai pas conté encore; aujourd'hui je vais me soulager le cœur. »

Et Claude raconta en toute sincérité la conversation qu'il avait eue avec sa marraine peu de jours avant sa mort.

« Merci, Claude, fit André. Désormais nous parlerons de maman ensemble. Merci aussi pour autre chose; je voudrais que les pauvres gens ne pâtissent pas de sa mort. En attendant, prends ceci pour la vieille Perrine, c'est le reste de ma bourse. »

Il mit deux pièces d'un franc dans la main de Claude, et, lui faisant un signe d'adieu amical, retourna au château.

« Lucienne, dit-il à sa sœur un peu avant le déjeuner, viens avec moi dans le jardin, j'ai quelque chose à te dire. »

Miss Jane, qui lisait à sa fenêtre, les vit passer et repasser devant elle, les bras enlacés, absorbés dans leurs confidences. André parlait avec chaleur; Lucienne écoutait et approuvait.

La cloche du déjeuner les arracha à grand'peine à leur entretien.

Quand ils furent rentrés dans la salle d'étude, au moment où Gabriel se préparait à donner aux deux enfants une leçon d'allemand, tandis que miss Jane travaillait en silence, André prit la main de son précepteur.

« Mon bon ami, dit-il, et vous, miss, voulez-vous nous écouter? Lucienne et moi venons vous demander un conseil.

— Parlez, mes enfants, » dirent à la fois le précepteur et la bonne Irlandaise.

André commença par ce qui s'était dit le matin entre Claude et lui.

« A toi, à présent, dit-il à sa sœur. Demande ce que nous devons faire.

— C'est bien simple, il me semble, fit Lucienne en rougissant. Parce que notre pauvre chère maman n'est plus là, faut-il que les malheureux soient privés de secours? J'ai près de treize ans, mon frère en aura bientôt onze; ne pourrions-nous, comme le faisait maman, visiter les pauvres gens? Vous nous accompagneriez, miss; vous jugeriez mieux que nous, et nous agirions suivant vos avis. Que pensez-vous de notre projet? »

L'institutrice attira Lucienne dans ses bras, et Gabriel embrassa tendrement André.

« Bien, très bien, mes chers enfants! s'écria chaleureusement miss Jane. Déjà nous y avions pensé, M. Davy et moi, mais nous désirions que l'impulsion vînt de vos cœurs; nous avions même projeté à cet effet de diriger, comme par hasard, une de vos promenades du côté d'une des plus pauvres demeures. Maintenant tout est pour le mieux.

— Il s'agit seulement, ajouta Gabriel, d'obtenir la permission de votre père.

— C'est ce que je n'oserai jamais demander, murmura Lucienne.

— Pourquoi cela, ma chère petite? défaites-vous de cette timidité exagérée qui dégénérerait facilement en faiblesse. Parlez-lui, non à table ou dans la soirée, mais pendant votre récréation de l'après-midi, lorsque vous êtes seuls avec lui et qu'ainsi vos cœurs se rapprochent davantage. Que ce soit l'âme de votre mère qui parle par votre voix. André amènera adroitement la conversation sur ce terrain, vous appuierez, et, soyez-en certains, vous obtiendrez tout de la sorte. »

Lucienne, très émue, regarda son frère.

« A demain, dit-elle.

— A demain, » répéta André.

Le lendemain, au retour de leur promenade, les enfants se précipitaient presque joyeusement dans la salle d'étude.

« Je crois que nous avons gagné, fit Lucienne avec feu. André a parlé, et moi aussi, mieux même que je ne l'aurais cru. Papa nous a écoutés d'un air surpris d'abord; puis il a détourné la tête. A la fin, il nous a pressés dans ses bras sans rien dire; mais il m'a semblé que ses yeux étaient mouillés. »

Après le souper, le marquis posa sur la table un porte-monnaie en cuir de Russie, marqué de deux initiales B C surmontées d'une couronne.

« Mes enfants, dit-il avec l'accent le plus doux que Lucienne et André eussent jamais entendu sortir de ses lèvres, je vous confie cet objet, qui sera pour vous une relique sacrée, puisqu'il appartenait à celle que nous pleurons. L'or qu'il renferme doit avoir une destination sainte; ce serait le profaner que de l'employer à un autre usage. »

D'une main qui tremblait, le marquis reprit le porte-monnaie et le tendit aux enfants. André le saisit, y colla ses lèvres et le remit à sa sœur.

« Elle est la plus grande, dit-il.

— Vous le garderez chacun à votre tour. Venez m'embrasser. »

Ils se jetèrent dans ses bras; il les y retint quelques secondes en silence, puis ajouta :

« Je remets à votre sagesse, miss, et à la vôtre, monsieur Davy, la direction des aumônes que l'inexpérience de ces enfants ne leur permettrait pas de distribuer avec discernement. Pour ceci comme pour tout le reste, je compte uniquement sur vous. »

Et, sans attendre leur réponse, il sortit brusquement de la salle à manger.

VII

« Le courrier de Monsieur. »

Un domestique posait devant M. de Fontagues un paquet de lettres et de journaux.

Le magistrat écarta ces derniers, prit les lettres et en tendit une à sa femme.

« Ceci est à votre adresse, Nathalie, et vient de Courthenoy. »

Mme de Fontagues jeta un coup d'œil sur l'enveloppe.

« C'est l'écriture d'André, cette fois. »

Elle parcourut la lettre, resta un moment songeuse, et dit :

« Voulez-vous que je lise tout haut, Léon ? Il me vient une étrange pensée.

— Laquelle ?

— Je vous la dirai ensuite ; peut-être l'aurez-vous aussi bien que moi. »

Elle commença à haute voix :

« Chère et bonne tante,

« Ma sœur me cède aujourd'hui la plume. Je n'aurais voulu pour rien au monde qu'un autre vous annonçât mon bonheur. Oui, chère tante, mon bonheur. Je puis écrire ce mot, je puis le prononcer, malgré le chagrin que je ressens encore, que je ressentirai, je crois, toute ma vie, car je suis admis à la première communion.

5

« Elle est fixée au 30 mai, et nous sommes au 12. Voyez, tante, comme le grand jour est propre. Mon cœur bat de joie et aussi de crainte ; je tremble de n'être pas digne. M. le curé me rassure en me disant que, bien que l'on soit toujours indigne d'un si grand bienfait, le bon Dieu se contente des efforts que l'on fait pour lui être agréable. Moi, pendant toute cette triste année, j'ai écouté avec attention les instructions du catéchisme et les avis du bon M. Gabriel et de miss Jane, qui ont tout fait pour que je sois bien préparé ; j'ai travaillé aussi à me corriger de mes défauts, et il me semble que je suis un peu moins emporté qu'autrefois ; mais tout cela n'est pas assez, je le sais. Priez pour moi, bonne tante, afin que j'accomplisse dignement ce grand acte.

« Pourtant, malgré ma joie, je pleure souvent en pensant à ce jour. O tante ! si maman était là !... Que Lucienne a été heureuse ! notre mère l'a bénie au jour de sa première communion ; moi, je ne pourrai lui demander ni pardon ni bénédiction. Je me trompe, je lui demanderai l'un et l'autre ; mais elle ne me répondra pas, je n'entendrai pas sa voix chérie, elle ne m'embrassera pas en versant de douces larmes. Je m'arrête, parce que mes pleurs tachent le papier et délayent les caractères... Je reprends, après que mon bon ami M. Gabriel m'a un peu grondé et réconforté, mais je ne peux pas me dispenser de vous parler d'elle encore. Après je parlerai des autres.

« Déjà un an ! Tante, quand j'y pense, je ne puis me l'imaginer : un an que maman chérie nous a quittés ! C'était la semaine dernière l'anniversaire de sa mort. Il y a eu un grand service à l'église ; j'ai pleuré tout le temps ; il me semblait que c'était le jour même, le jour où vous nous avez montré le ciel, pour nous faire comprendre qu'elle y était ; le jour où j'ai vu sa chère figure toute pâle entre les grands cierges fumeux ; et je sanglotais, et Lucienne aussi. Nous n'avons cessé que lorsque miss Jane nous a fait voir papa, dont le visage était tout bouleversé, et qui détournait les yeux pour ne pas nous voir pleurer. Nous avons compris, et nous nous sommes tus à grand'peine.

« Quand papa est revenu de l'église, il a commandé qu'on ouvrit les fenêtres de l'appartement de maman, qui étaient toujours fermées ; après le déjeuner il y est entré et s'y est enfermé pendant un quart d'heure. J'aurais voulu le prier de me laisser entrer avec lui, mais je n'ai pas osé, parce qu'il avait sa figure sombre. Quand il a été sorti, je m'y suis glissé à mon tour, et j'ai encore pleuré en regardant le lit où elle est morte.

« Maintenant, tante, et quoique cette lettre soit déjà très longue, je vais vous parler de papa, dont vous demandiez des nouvelles. Il va très bien quant à la santé ; pour le reste, je ne sais pas beaucoup, car, vous le savez, il ne dit jamais ce qu'il pense.

« J'avais cru qu'il deviendrait plus ouvert. L'été dernier, nous allions nous promener avec lui tous les jours ; mais à l'automne il a commencé à chasser, et dès lors les promenades ont été finies. En chassant ainsi tout seul, il a fait la connaissance de M. Claverel, ce vieux monsieur que nous avons vu chez vous, et qui s'est décidé à louer une maison de campagne pour l'été et l'automne à Lauzay, à trois lieues seulement de chez nous. Il l'a fait précisément à cause des bois qui sont tout auprès, car il aime beaucoup la chasse, et sa petite-fille de même. Elle chasse avec son grand-père, paraît-il, et quelquefois même avec son frère, qui n'est pourtant pas vieux.

« Lucienne rit quand elle entend dire cela ; elle trouve drôle qu'une jeune fille aime ainsi la chasse. Moi, je n'y aurais pas seulement fait attention, si papa n'en avait parlé une fois en disant que ça lui va très bien. Je n'ai rien dit ; mais je trouve que rien ne doit aller à cette demoiselle, qui est si hardie et ne me plaît pas du tout.

« Quand il revenait de la chasse, papa était un peu gai ; mais à mesure que le temps passait, on voyait son front s'assombrir, et il devenait de plus en plus triste jusqu'au lendemain.

« Tout l'hiver il s'est tenu enfermé dans son appartement, ou bien il allait faire de longues promenades dans la forêt sur son beau cheval Pyrrhus. Je pensais qu'à la belle saison il m'emmènerait avec lui (il m'avait promis un cheval pour mes douze ans ; il est vrai que je n'en ai que onze et demi ; mais la Javelle dit que je me tiens parfaitement et que je serai bientôt un bon cavalier) ; cependant papa va toujours seul, et je crois bien qu'il visite M. Claverel, car il parle de lui quelquefois. Ce monsieur est déjà de retour à sa maison de campagne.

« Je m'aperçois que ma lettre est énorme, et je pense que ça vous ennuira de lire tout mon bavardage ; mais il y a si longtemps que je ne vous avais écrit ! Lucienne vous a peut-être déjà raconté toutes ces choses. Enfin, tant pis !

« Il faut pourtant que je vous souhaite le bonjour de la part de la bonne tante Solange, qui me l'a instamment recommandé. Elle est aussi bien portante que possible et toujours assez alerte.

« Je vous prie, chère tante, d'offrir mes respets à mon oncle et d'embrasser pour moi mes cousins et mes cousines ; je n'ai pas de place pour les nommer, mais je compte sur votre présence à tous pour ma première communion, et vous verrez alors que je n'ai pas cessé de vous aimer de tout mon cœur et que je suis constamment, chère et bonne tante,

« Votre neveu respectueux et reconnaissant,

« ANDRÉ DE COURTHENOY.

« P.-S. Ma sœur me demande une petite place au bas de ma lettre ; il n'est plus temps. Elle vous écrira bientôt.

Courthenoy, ce 12 mai 18... »

Mme de Fontagues, ayant achevé sa lecture, laissa tomber la lettre d'André sur ses genoux et regarda son mari.

Le magistrat jouait machinalement avec son couteau d'ivoire.

« Qu'en pensez-vous, Léon ? » demanda-t-elle après un silence.

Il secoua la tête.

« Rien, dit-il ; je n'ose rien penser. Je vois ce qui vous frappe ; mais comment croyez-vous qu'une femme comme Mlle Claverel... ? Non, je ne puis le supposer. Et puis songez donc, un an seulement.

— Dieu veuille que mes pressentiments me trompent ; car, ô mon Dieu ! les enfants de ma Blanche... ! Mon ami, vous avez raison, ce n'est pas croyable ; je vais m'efforcer de bannir cette idée.

— Et que ferons-nous quant à l'invitation qui nous est adressée? Remarquez qu'elle ne vient pas du marquis.

« Jamais, depuis un an, il n'est venu nous voir; jamais non plus il ne nous a priés d'aller au château. Je trouve cette indifférence au moins extraordinaire.

— Elle est dans son caractère, mon ami. Néanmoins je ne crois pas qu'il nous soit possible d'aller tous à Courthenoy, à moins que nous ne recevions du marquis une invitation formelle; mais ne croyez-vous pas que je doive, en ce grand jour, me trouver près de cet enfant? Je suis sa plus proche parente et je dois remplacer sa mère.

— Sans doute je le crois aussi. Sur ce point d'ailleurs je m'en rapporte entièrement à votre sagesse. »

Mme de Fontagues sourit. Cette conclusion était celle de toutes ses délibérations avec son mari.

Elle réfléchit sérieusement, et le résultat de ces réflexions fut qu'elle devait aller à Courthenoy, mais y aller seule.

Pourtant une lettre du marquis, lettre brève et froide, se renfermant dans les bornes de la stricte urbanité, arriva quelques jours après; elle n'était pas de nature à changer la résolution de Mme de Fontagues.

Son jeune entourage s'en attristait beaucoup, et le jour de son départ la mère de famille se vit assiégée de recommandations et de messages.

« Maman, voici une lettre pour mon cousin, lui dit Amaury. J'aurais tant désiré le voir ! Du moins je m'unirai à lui d'intention ; dites-le-lui, maman, bien que je le lui dise sur ce billet.

— Donne-le-moi, mon fils, et sois tranquille, je ne t'oublierai point.

— Maman, vous direz les mêmes choses pour moi, fit Sara ; vous embrasserez, s'il vous plaît, ma cousine, et vous demanderez à mon oncle s'il ne nous les donnera pas pour les vacances.

— Je ferai ta commission, ma fille.

— Petite mère, vous direz, s'il vous plaît, à André que je l'aime bien et que, depuis que je sais qu'il va faire sa première communion, je fais tous les soirs une petite prière pour lui. Et puis,... voulez-vous lui donner cette médaille de la sainte Vierge, maman? Je l'ai achetée hier.

— Je n'y manquerai point, ma petite Marthe. Au revoir, mes chéris ; je ne tarderai pas sans doute à revenir. »

Elle les embrassa tous, remit à Sara le bébé qui s'accrochait à sa robe et partit, non sans appréhension. Si peu qu'elle restât à Courthenoy, elle était sûre de voir si ses craintes étaient fondées, si un nouveau malheur menaçait ces enfants prématurément éprouvés.

Le marquis était sorti lorsqu'elle arriva. Elle fut accueillie avec joie et tendresse par André et sa sœur. Elle ne les avait pas vus depuis un an, et fut frappée de la transformation qui s'était opérée. Lucienne avait beaucoup grandi ; son air posé, ses manières toujours un peu nonchalantes, tout jusqu'à ce cachet de rêverie mélancolique qui marquait son visage, lui donnait l'aspect d'une jeune fille. Mme de Fontagues en fut plutôt affligée que réjouie. Lucienne était à l'âge où l'on a le plus grand besoin d'un guide éclairé, d'un appui solide. Quel guide, quel soutien lui serait donné ?

« Mon Dieu, faites qu'elle reste aux mains de miss Jane, » soupira intérieurement la bonne tante.

Le changement qui s'était fait en André était aussi saillant, mais moins inquiétant pour l'œil attentif de Mme de Fontagues. A onze ans et demi il paraissait en avoir treize à quatorze, tant il était élancé, droit et robuste. Tout en lui respirait la santé de l'âme et du corps. Évidemment il avait fait pendant cette année nombre d'efforts pour réprimer sa nature fougueuse. Une douce gravité se lisait dans ses yeux ardents ; la douleur avait laissé son empreinte sur son front bien plus que sur celui de sa sœur ; on ne retrouvait le lionceau qu'à de rares intervalles, alors que des éclairs passaient tout à coup dans son regard et que, sous une impression subite, il levait sa tête altière et agitait les boucles de sa crinière dorée.

En ce moment, tout au bonheur de revoir sa tante, il se suspendait à son bras et l'accablait de questions sur ses cousins.

« Pourquoi ne pas les avoir amenés ? il y a si longtemps que nous ne nous sommes vus ! Et mon oncle, n'aurait-il pu vous accompagner ?

— Tu nous connais, mon cher petit André ; tu sais que ton oncle et moi n'agissons point sans raisons suffisantes.

Ils n'ont pu venir ; mais moi, je serais venue sans avoir été appelée. C'était mon devoir.

— Chère, chère tante, dit l'enfant en lui baisant les mains, comme vous me rappelez maman ! »

Le marquis rentrait en cet instant. Il vint aussitôt saluer sa belle-sœur avec une courtoisie un peu froide, dont, du reste, il ne se départit pas envers elle.

Mme de Fontagues l'examina sans qu'il s'en aperçût. Il n'était ni joyeux ni triste ; c'était l'ennui, l'ennui morne et glacial qui se peignait sur sa physionomie, dans le pli de la bouche, dans le regard éteint et distrait, dans le silence qu'il gardait d'habitude.

Tel qu'il était, il impressionna douloureusement Mme de Fontagues ; mais il lui fut impossible de savoir si d'autres partageaient cette impression. Miss Jane et M. Davy étaient la discrétion même ; Mlle Solange voyait trop rarement son neveu pour s'apercevoir de quelque chose.

Lucienne s'attacha aux pas de sa tante avec une constance qui surprit celle-ci.

« Je vous en prie, chère tante, demandez à papa qu'il nous laisse aller à Poitiers au mois d'août, lui dit-elle.

— Tu en as donc bien grande envie, ma pauvre petite ?

— Grande envie, tante, je vous l'assure.

— Lucienne, reprit sérieusement Mme de Fontagues, je ne doute pas du plaisir que tu aurais à passer quelque temps avec nous ; mais avoue que le désir de sortir de Courthenoy y est pour beaucoup.

— Pour quelque chose peut-être, ma tante, je l'avoue, fit la fillette en rougissant. Courthenoy est peu récréatif, vous le voyez, et c'est toujours ainsi ; il n'y vient personne, nous n'allons chez personne. Il y a de quoi dessécher d'ennui.

— Dessécher d'ennui ! quel vilain mot, mon enfant ! N'as-tu pas ton frère, la bonne miss Jane, la tante Solange ? Et que de devoirs à remplir ! Te voilà grande ; il serait temps de t'exercer au gouvernement domestique, et tu devrais prier miss Jane de t'y initier dans les intervalles de tes études. Et les pauvres que ta mère aimait tant, sa fille pourrait-elle les oublier ?

« Un père à consoler, un frère à chérir, des serviteurs à surveiller, des malheureux à soulager, des études à poursuivre : voilà, si je ne me trompe, un programme bien rempli et dans lequel on chercherait en vain une petite place par où l'ennui puisse glisser dans un cœur de jeune fille. »

Lucienne hocha mélancoliquement la tête.

« Le programme est trop chargé, ma tante, dit-elle avec franchise ; je n'ai pas le courage de le remplir. Miss Jane parle comme vous, elle me reproche ma mollesse, mais je voudrais quelque chose de plus gai, de plus vivant, de plus jeune. Une seule chose me fait plaisir : c'est d'aller visiter les pauvres gens avec André, sous la conduite de miss Jane.

— Tant mieux, chère enfant ! Mais, je t'en supplie, ne néglige aucun devoir ; et, afin de t'y animer, propose-toi l'exemple de ta mère, efforce-toi de lui ressembler.

— Tante, je vous le promets, je ferai des efforts. Mais à votre tour, promettez-moi de nous accorder l'hospitalité aux vacances.

— J'en parlerai à ton père aujourd'hui même. »

Elle tint sa parole. Le marquis l'écouta poliment et répondit :

« Nous avons le temps d'en reparler ; les vacances sont loin encore.

— Une bonne parole seulement, Hugues.

— Je n'engage pas ma parole à la légère, reprit-il froidement ; je verrai jusque-là ce que j'ai à faire. »

Il n'y avait plus à répliquer ; Mme de Fontagues se réserva de revenir au temps marqué sur cette question.

André était en retraite et ne s'occupait point de tout cela ; sa ferveur et son recueillement étaient grands, et sa tante se réjouissait de le voir apporter au grand acte de la première communion une préparation si sérieuse.

Il se leva, ce beau jour si impatiemment attendu. Les cloches jetèrent dans les airs les vibrations les plus joyeuses ; l'odeur de l'encens et la flamme des cierges emplirent l'église de Charvettes, et des hauteurs du ciel Dieu lui-même, à la voix du prêtre, descendit pour habiter les cœurs des jeunes chrétiens.

A peine restait-il au château quelques serviteurs. Le marquis, Lucienne, Mme de Fontagues, la tante Solange, miss Jane et Gabriel Davy étaient au premier rang de la pieuse assistance, et derrière eux le fidèle la Javelle, la bonne Joséphine et le petit Claude, non moins heureux et non moins recueillis. Tous vinrent après André se grouper à la table sainte ; et

de toutes ces âmes s'exhalèrent des prières ardentes pour
l'enfant chéri.

Une des plus ferventes fut celle de Mme de Fontagues.

« Mon Dieu, supplia-t-elle, donnez votre force et votre
douceur à cet enfant. Bientôt peut-être on lui imposera un
dur sacrifice. Seigneur, ne souffrez pas que la révolte gronde
en lui; enseignez-lui à souffrir. »

Au sortir de l'église, le marquis embrassa son fils avec une
réelle émotion; puis André passa tour à tour dans les bras
de ses amis, après quoi il revint à son précepteur.

« Il n'y a plus de lionceau, lui dit-il à voix basse; c'est
un agneau que je veux être désormais. »

Le jeune homme sourit, et, mettant la main sur la tête
du petit garçon :

« La transformation serait bien radicale, répondit-il. Je
crois que le lionceau subsistera, mais ce sera un lionceau
apprivoisé. »

Mme de Fontagues ne pouvait ni ne voulait prolonger son
séjour. Elle prit donc congé le lendemain.

« Je ne vous retiens pas, ma sœur, lui dit le marquis;
Courthenoy est une demeure trop morose, et l'on y gagnerait
facilement le spleen. »

VIII

Le marquis marche à grands pas dans sa chambre. Il porte un costume de cheval et tourmente l'élégante cravache qu'il tient à la main. Il y a un pli sur son front, et dans son regard se lit une vague anxiété.

Soudain il s'arrête et se penche sur son bureau pour y lire une lettre ouverte.

Il saute les premières lignes et parcourt le second alinéa, ainsi conçu :

« Nous sommes à la mi-août, mon cher Hugues; il me semble qu'il est temps de vous rappeler votre promesse. Vous vous souvenez de m'avoir dit quand je vous réclamai vos enfants : « Nous en reparlerons plus tard. » Le moment d'en reparler est venu. Consentez donc à nous les confier pour un mois ou deux, plus ou moins, suivant que vous le jugerez à propos, et, si vous voulez mettre le comble à votre gracieuseté, amenez-les vous-même. Si néanmoins vous voyez à cela quelque obstacle, chargez-en la bonne miss Jane ou faites-moi connaître quel jour je devrai les aller chercher. »

. Le marquis se redressa et dit entre haut et bas : « Je vais savoir sur-le-champ ce qu'il me faut répondre. »

Il toucha un timbre, et au bout d'une seconde la Javelle parut dans l'encadrement de la porte, raide comme un I, la main droite à la tempe.

« Où sont mes enfants?

— Mon colonel, c'est l'heure de la récréation; ils doivent être au jardin.

— Qu'ils montent à l'instant. »

La Javelle disparut.

Le marquis reprit sa promenade à travers la chambre jusqu'à ce que le bruit de pas légers se fit entendre sur l'escalier.

André et Lucienne entrèrent.

Par un effort de volonté, le marquis ramena le calme absolu sur son visage. Il prit un siège et dit :

« Asseyez-vous devant moi. »

Les enfants obéirent. Il arrêta sur eux un regard doué d'une remarquable puissance, et resta un instant silencieux.

Enfin, de sa voix sonore et brève :

« Mes enfants, voilà près de dix-huit mois que Dieu vous a repris votre mère. »

Ils tressaillirent à cet exorde. Sans leur donner le temps de parler, le marquis continua :

« Le deuil rigoureux dans lequel nous avons vécu, l'isolement, la tristesse qui ont pesé sur nous de tout leur poids, doivent enfin cesser. Sans doute nous ne saurions oublier la perte que nous avons faite; mais nos regrets du passé ne peuvent empêcher de prévoir l'avenir. Or l'avenir qui s'offrait à vous comme à moi m'a paru tellement lugubre, que j'ai cru de mon devoir de le préparer autrement. J'ai besoin de quelqu'un qui puisse entièrement s'associer à ma vie, qui partage avec moi les joies ou les douleurs; vous avez besoin, vous, d'un conseil, d'une direction sûre, et c'est pour toutes ces raisons que je me résous à vous donner une seconde mère. »

Jusqu'alors le frère et la sœur s'étaient contentés de regarder leur père avec une vague inquiétude. A ces mots : une seconde mère, ils firent un brusque mouvement.

« Vous nous donnerez une mère, papa? Comment cela? balbutia Lucienne.

— Vous ne comprenez pas. Je dois préciser, et vais le faire d'un mot. Je me remarie. »

Lucienne ne fit pas un geste; pâle et muette, elle semblait paralysée par la stupeur.

Mais un cri déchirant s'exhala de la gorge d'André, qui se leva d'un bond.

« Vous vous... remariez! Oh! papa, ce... n'est pas... vrai! »

Le marquis le foudroya du regard.

« Depuis quand vous ai-je donné, Monsieur, le droit de douter de ma parole? »

Et comme l'enfant retombait sur sa chaise en fondant en larmes, le père reprit d'un ton radouci :

« Je veux bien pardonner ce mot qui vous a échappé dans le premier moment de surprise; mais, je le répète, je me remarie dans quinze jours; j'épouse Mlle Antonine Claverel.

— Mlle Claverel!... »

Un second gémissement sortit du cœur d'André.

« Sans doute! Qu'avez-vous à objecter? Vous la vîtes une fois chez votre tante l'an dernier. Elle m'a bien dit, en effet, qu'elle croyait avoir eu le malheur de vous déplaire; mais je n'attache nulle importance à ces enfantillages. Par conséquent, préparez-vous à la traiter désormais comme des enfants respectueux; vous ne tarderez pas à l'aimer. »

Il se leva, et, caressant la chevelure de Lucienne :

« Je compte sur toi, ma fille, pour rendre ton frère raisonnable, dit-il. Allez maintenant. »

André bondit vers son père et saisit ses mains, qu'il embrassa.

« Je vous ai offensé tout à l'heure. Pardon, papa, pardon! » bégaya-t-il à travers ses sanglots.

Le front du marquis s'éclaircit.

« Je te pardonne de tout mon cœur, mon fils, répondit-il en l'embrassant. Je connais l'impétuosité de ton caractère, et j'oublie volontiers un mouvement où la réflexion n'avait point de part.

— Merci, père; mais écoutez-moi, oh! écoutez-moi. Ce mariage n'est pas, ne peut pas être décidé.

— Irrévocablement décidé, mon fils.

— Oh! c'est impossible. Père, vous n'y avez pas songé. Remplacer maman! Qui pourrait remplacer notre chère maman? Et ce serait Mlle Claverel? Non, père, non : elle ne ressemble pas à maman, elle n'a rien d'elle; nous ne pourrons pas l'aimer. Papa, je vous en supplie!...

— Allons, paix! fit le marquis avec impatience. Je n'aime pas à entendre discuter mes décisions, André.

— Papa, ayez pitié de nous; ne nous donnez pas une

autre mère, ne nous donnez pas surtout celle-là. Nous vous
aimerons tant, tant ! Nous devenons grands, nous vous
comprendrons mieux, nous vous rendrons heureux. Ayez
pitié de nous, souvenez-vous de maman…, de maman ! »

Il tomba à genoux, mouillant de larmes la main de son
père dans un paroxysme de douleur. Lucienne pleurait en
silence. La colère empourprait les traits du marquis. Il
dégagea brusquement ses mains et dit avec violence :

« Pas un mot de plus, Monsieur, je vous le défends. Il
suffit que j'aie choisi Mlle Claverel pour qu'elle ait droit
à votre respect. Croyez-vous que la résistance d'un enfant
obstiné puisse entraver ma volonté ? »

André recula d'un pas, essuya ses pleurs, et, regardant
son père avec des yeux étincelants :

« Elle ne sera jamais, jamais notre mère ! articula-t-il
d'un ton farouche. Nous ne lui obéirons pas ! Nous ne
l'aimerons pas ! Nous ne la respecterons pas ! Notre vraie
mère, à nous, elle est morte ! »

De rouge qu'il était, le marquis devint pâle. C'était en lui
le signe d'une violente colère intérieure. Il saisit la cravache
posée sur le bureau et fit un pas vers son fils, le bras levé.
André ne bougea pas ; son regard semblait braver ouvertement le courroux paternel. La cravache siffla, et la main
droite de l'enfant fut zébrée d'une longue ligne rouge.

Jamais jusqu'alors le marquis n'avait frappé son fils. D'un
geste brusque il rejeta la cravache et fit aux deux enfants
un signe muet. Ils sortirent ensemble, Lucienne pleurant
toujours, André les yeux secs, la contenance audacieuse.

Après leur départ, le père se jeta dans un fauteuil et y
demeura quelques secondes immobile ; puis, se rapprochant
de son bureau, il prit une feuille de papier et écrivit rapidement :

« Ma chère sœur,

« La nouvelle que j'ai à vous apprendre pourra vous
paraître fâcheuse, et peut-être gagnerait-elle à vous être
annoncée avec quelque ménagement, mais il n'entre pas dans
mon caractère d'user de circonlocutions ; et les ménagements,
quand je veux en prendre, me réussissent mal. Voici donc la

nouvelle toute nue : je me remarie dans quinze jours ; j'épouse Mlle Antonine Claverel.

« Vous connaissez, je crois, cette jeune personne. Son grand-père, qui habitait Lauzay, est mort il y a trois mois, et sa triste situation d'orpheline chargée d'un jeune frère m'a décidé à avancer l'époque de notre union, qui, si l'aïeul eût vécu, aurait été retardée jusqu'au printemps prochain.

« Je ne vous ferai pas l'injure de supposer que vous tenterez de me faire revenir sur ma détermination ; vous êtes trop intelligente pour essayer ce qui ne peut aboutir.

« Il me reste à vous répondre au sujet de mes enfants. Ne comptez pas sur eux cette année. Avant de prendre la plume, je les ai fait appeler et leur ai annoncé mon mariage ; j'ai été accueilli par une scène inqualifiable de désespoir et de révolte ouverte. D'après cela, vous trouverez tout naturel que je ne songe point à les récompenser en leur accordant ce voyage. Ils resteront à Courthenoy.

« J'espère que ni vous ni Léon ne me garderez rancune. Je lui serre cordialement la main et vous prie, ma sœur, de me croire, malgré tout,

« Votre frère dévoué,

« HUGUES, marquis DE COURTHENOY.

« Château de Courthenoy, ce 16 août 18... »

Le marquis ne relut pas sa lettre ; il la plia, mit l'adresse et sonna de nouveau.

« Pyrrhus est-il prêt? demanda-t-il de son accent impérieux, dans lequel vibrait encore une sourde colère.

— Mon colonel, il vous attend. »

Sans ajouter une syllabe, le marquis ramassa sa cravache et descendit. Le cheval piaffait dans la cour, son maître le flatta de la main, s'enleva sur ses étriers et saisit les rênes.

Un instant après tous les deux disparaissaient sur la route. D'une fenêtre du premier étage, André avait assisté à ce départ. Il se rejeta violemment en arrière.

« Il s'en va, entends-tu, Lucienne? il s'en va sans plus penser à nous, ni à notre chagrin, ni à maman.

— André! murmura Lucienne tremblante, s'il t'entendait encore...

— Eh bien! s'il m'entendait, qu'est-ce que ça me ferait, à moi? Il me frapperait une seconde fois peut-être. Vois la marque, elle paraîtra longtemps, et ma main est enflée. C'est à elle que je dois cela; je m'en souviendrai.

— Tu me fais peur, André. Est-ce que tu n'aimeras plus papa maintenant? »

Le jeune garçon garda un moment le silence. Les veines de son front se gonflaient; il regarda sa main blessée. Enfin il répondit d'un ton résolu :

« J'aimerai toujours papa, je lui obéirai toujours, parce que c'est mon père et que le bon Dieu le veut, et puis parce que... je ne pourrais pas lui en vouloir.

— C'est heureux, » dit une voix grave.

Gabriel Davy était entré doucement sans avoir été vu.

Il s'avança vers André et continua :

« Oui, il est heureux que vous vouliez bien continuer à aimer votre père; mais je vous demanderai si vos paroles sont celles d'un fils respectueux. »

L'enfant fondit en larmes.

« Vous me grondez, dit-il; vous ne trouvez pas que je sois assez malheureux. Ah! c'est que vous ne savez pas, vous ne pouvez pas savoir ce que papa vient de nous dire. »

Gabriel lui prit la main et l'attira affectueusement à lui.

« Je sais tout, fit-il d'un ton plus doux. Votre père m'a demandé, et à miss Jane, de vous aider à supporter la nouvelle qu'il devait vous apprendre.

— Vous savez..., vous savez qu'il veut remplacer maman?

— Voyons, mon enfant, calmez-vous; Lucienne, descendez, miss Jane vous attend dans la salle d'étude. »

La fillette sortit à pas lents. Le précepteur rapprocha encore André de sa poitrine et lui dit :

« Avouez-moi tout, mon pauvre petit. Vous vous êtes révolté?

— Oui, Monsieur, fit l'enfant en courbant la tête.

— Révolté... contre votre père!

— Pas contre lui, Monsieur, contre elle. Papa veut que nous la respections, que nous la regardions comme notre mère. Est-ce possible? dites; est-ce que cette femme nous aimera comme nous aimait maman?

— Elle vous aimera sans doute, si vous vous montrez dociles, et si...

— Docile, moi! jamais! C'est pour elle que mon père m'a battu, battu comme un chien. Un coup de cravache! Regardez. »

Il montrait sur sa main la ligne ensanglantée. Le précepteur soupira et se tut.

« Et je pourrais après cela lui obéir, l'aimer, cette femme! Non, non. Oh! pourquoi maman est-elle morte? pourquoi? »

Il se renversa, suffoqué par les pleurs, dans les bras de Gabriel.

Pour le moment, il était impossible de lui parler le langage de la raison, encore moins de gronder ou de punir. Le malheureux enfant tremblait, secoué par un spasme nerveux. Le jeune homme prit et garda son poignet quelques secondes.

« Vous avez la fièvre, venez vous reposer, » lui dit-il.

Il le força à se mettre au lit, prit un livre et s'assit à son chevet.

« Dormez, mon cher enfant, et soyez tranquille; je ne vous quitterai pas. »

Et tandis que le pauvre petit, épuisé de larmes, s'endormait la main dans celle de Gabriel Davy, celui-ci songeait tristement.

Ce qui arrivait, il l'avait prévu. Lorsque le marquis lui annonça son second mariage, il s'effraya aussitôt à la pensée du désespoir d'André. Il savait quel culte de tendresse passionnée l'enfant conservait pour sa mère; il aurait pu prédire le terrible ébranlement de cette nature ardente.

Qu'allait-il advenir? La douceur, la persuasion, l'appel au souvenir récent de la première communion auraient-ils raison de cette volonté déjà obstinée? Et à supposer que le jeune garçon, redevenu soumis, consentît à faire amende honorable, les craintes n'étaient pas dissipées pour cela. Que serait la nouvelle marquise de Courthenoy?

Tout dépend d'elle, se dit le jeune homme. Suivant qu'elle se montrera aimante ou hostile, elle attirera ou rebutera les cœurs de ces enfants. Oh! si elle pouvait avoir quelque chose de la bonté, de la suave douceur de la marquise Blanche, comme elle les aurait vite conquis, malgré leurs préventions! Mon Dieu, faites qu'elle soit bonne!

Quand sonna la cloche du dîner, André n'était pas en état de paraître à table. Gabriel lui ordonna de rester au lit et descendit; miss Jane et son élève arrivaient d'un autre côté. Le marquis était dans la salle à manger.

« Où est mon fils? demanda-t-il d'un ton irrité.

— Il est souffrant et incapable de se tenir debout, répondit Gabriel. Je me suis chargé, monsieur le marquis, de l'excuser près de vous. »

Le marquis ne dit plus rien, mais regarda d'un œil sévère sa fille, qui s'asseyait en face de lui, les yeux rougis, la figure pâle. Elle mangea à peine, il était facile de voir qu'elle avait besoin de repos; néanmoins, en voyant le sombre visage de son père, elle n'osa demander l'autorisation de se retirer.

Seulement, lorsque le marquis se leva, elle marcha vers lui et lui tendit son front.

« Bonsoir, papa, » dit-elle d'une voix faible.

Il attacha sur elle un froid regard.

« Puis-je compter sur ton obéissance? interrogea-t-il. La marquise de Courthenoy trouvera-t-elle en toi une fille? »

Il appuya sur ce mot. La pauvre enfant détourna la tête, puis avec un grand effort releva ses yeux mouillés.

« Papa, je me soumets à votre décision; je vous promets de... respecter celle que vous avez choisie, de tâcher de... l'aimer.

— Bien, mon enfant, bien; je n'en demande pas davantage, fit-il d'une voix plus douce. Plus tard tu comprendras, tu me remercieras de te l'avoir donnée pour mère. »

Sans tenir compte du tressaillement involontaire de Lucienne à cette dernière parole, il appuya longuement ses lèvres sur le front blanc et sortit.

IX

« Quelle heure est-il, Joséphine?

— Deux heures moins le quart, Mademoiselle.

— Et c'est à deux heures qu'ils arrivent. Lucienne, ma pauvre enfant, ne reste pas plongée dans cette immobilité de statue; remue-toi, parle-moi. »

Lucienne, avec un soupir, se leva et s'approcha de Mlle de Valfrède, qui posa la main sur son front :

« Ta tête brûle, ma fille... Allons, du courage, le moment approche. Après tout, cela ira peut-être mieux que tu ne penses. Où est André?

— Dans sa chambre, ma tante; il refuse de se trouver à l'arrivée de la voiture, et ne descendra que si papa l'exige.

— Ainsi M. Davy n'a pu l'amener à la soumission?

— Il a demandé pardon à papa; il a promis de lui obéir, excepté en une chose : papa veut que nous appelions sa... cette dame... maman.

— Et André ne veut pas?

— Il a juré qu'il ne le dirait jamais; il voulait me le faire jurer, je n'ai pas voulu. Cela me fait beaucoup, beaucoup de peine, tante; mais je n'ose pas désobéir à papa, et miss Jane m'a bien recommandé la soumission.

— Elle a eu raison, mon enfant. Ta bonne mère est au ciel, en un lieu où l'on ne ressent point la jalousie ni la rancune, ces mesquines passions d'ici-bas; elle vous bénira d'autant mieux, que vous aurez mieux obéi à votre père; et si celle qui prend aujourd'hui sa place se montre vraiment maternelle à votre égard, elle lui en sera reconnaissante, elle l'aimera.

— Ma tante, il me semble que j'entends la voiture, dit Lucienne en se levant précipitamment: descendez-vous avec moi?

— Oui, ma fille; mais je n'ai pas besoin de toi, le bras de Joséphine me suffit; va devant, et rejoins miss Jane. »

Lucienne obéit, et Mlle Solange se mit en devoir de descendre lentement le large escalier.

La bonne demoiselle avait pensé qu'il serait agréable à son neveu qu'elle allât souhaiter la bienvenue à la nouvelle marquise; et puis elle n'était pas fâchée de voir par elle-même l'accueil que cette dernière allait faire aux enfants de son mari.

La voiture, décrivant une large courbe, s'arrêtait au bas du perron au moment où Mlle de Valfrède paraissait.

Le marchepied s'abaissa; le marquis, descendant le premier, tendit la main à une jeune femme brune, vêtue d'un élégant costume de demi-deuil.

Elle prit seulement le bout des doigts qui lui étaient offerts et sauta à terre, légère comme un sylphe; puis ses grands yeux orangés se promenèrent autour d'elle.

Ce regard, plein d'orgueil et de joie, mesurant la hauteur du vieil édifice, embrassant d'un même coup le jardin qui couvrait la pente des collines, les prairies de l'est, la forêt du couchant et jusqu'aux serviteurs, groupés là par l'ordre du marquis pour recevoir leur maîtresse, ce regard était à lui seul une prise de possession; il signifiait clairement: « Tout cela est à moi, j'en suis la souveraine incontestable. »

Et il suffit à la bonne Mlle de Valfrède de surprendre cette expression fière et charmée pour qu'un soupir montât de son cœur à ses lèvres et qu'elle murmurât à part elle:

« Hélas! Blanche, douce et chère Blanche, où êtes-vous?»

Le marquis cependant s'était tourné vers la jeune femme et lui disait avec tendresse:

« Mon Antonine, nous voilà chez nous. Vous plairez-vous dans cette antique demeure? »

La mobile physionomie d'Antonine changea complètement

d'expression; ses yeux brillants s'adoucirent, et ce fut d'un timbre velouté et caressant qu'elle répondit :

« Ce château, qui fut votre berceau, m'est déjà cher et sacré, mon ami; d'ailleurs les nobles et chevaleresques souvenirs qu'il renferme suffiraient pour m'en rendre le séjour délicieux : vous savez ma passion pour les vestiges du passé. »

Les traits du marquis resplendirent; il serra en silence la main de sa femme et s'avança vers Lucienne, dont il prit les doigts tremblants.

« Viens embrasser ta mère, » dit-il avec une intonation expressive.

Puis à Antonine :

« Ma fille est la vôtre, » ajouta-t-il.

La jeune femme s'approcha vivement et prévint sa belle-fille en la baisant au front.

« La présentation était toute faite, dit-elle en riant; ce n'est pas la première fois que je vois cette charmante blondine; nous sommes d'anciennes connaissances. N'est-ce pas, ma belle?

— Oui, Mad... maman, balbutia tout bas la fillette, frissonnant d'émotion sous le regard de son père.

— Mais vous n'êtes pas seule; où donc est votre frère, le lionceau de Courthenoy? »

Le marquis fronça violemment le sourcil.

« Il n'a pas jugé à propos de descendre, dit-il; mais il sait bien qu'on ne se joue pas impunément de mes ordres. Monsieur Davy, veuillez l'appeler; qu'il vienne sur-le-champ saluer la marquise. »

Gabriel s'éloigna, et, pendant son absence, le marquis présenta à sa femme Mlle Solange et miss Jane.

Antonine répondit par une froide révérence à la phrase amicale et émue que lui adressa la vieille demoiselle, et elle touchait distraitement le bout des doigts de l'Irlandaise, quand le précepteur reparut.

André le suivait, le front haut, les lèvres serrées. Il fit un pas vers son père, qui, d'un geste impératif, lui montra la marquise. Le jeune garçon s'avança, et, d'une voix assurée :

« Mon père m'a ordonné de vous saluer, Madame, je vous salue. »

L'accent fut tel, que la jeune femme recula d'un pas. Elle allait répliquer, mais son mari ne lui en laissa pas le temps :

« Laissez, laissez, chère amie, dit-il en lui saisissant le bras; que vous importe un enfant rebelle et indiscipliné? Venez, je veux moi-même vous montrer l'intérieur du château. »

En achevant ces mots, il se tourna vers son fils :

« Quant à vous, Monsieur, montez dans votre chambre; vous y garderez les arrêts pendant trois jours. »

Sur quoi la marquise appela son frère, qui, pendant cette scène, était resté debout près d'elle.

« Suis-nous, Philippe, » dit-elle.

Le jeune garçon obéit, non sans lancer à André un coup d'œil moqueur.

André le vit, et un éclair traversa sa prunelle. Sans la douce autorité de Gabriel Davy, qui l'entraînait d'un autre côté, il se fût élancé sur l'insolent.

Tout le monde se dispersa. Mlle Solange, appuyée sur Joséphine, regagna son appartement. Quand elle fut de nouveau assise sur son grand fauteuil, elle hocha douloureusement la tête et dit à la fidèle et discrète servante :

« Ah! Joséphine, quel malheur! Elle ne les aimera pas, elle n'est pas bonne! »

Cette appréciation n'était pas isolée. Gabriel, miss Jane, les nombreux domestiques avaient ressenti la même impression; tous avaient pensé : Elle n'est pas bonne.

Non, car si elle eût été bonne, en ce jour où son mari ne pouvait rien lui refuser, elle eût imploré et obtenu la grâce de l'enfant puni; mais elle n'avait pas fait une tentative, elle s'était éloignée indifférente, sans souci de s'attirer, par un procédé vraiment maternel, ce cœur révolté mais aimant.

Cependant Antonine parcourait au bras du marquis ce château désormais le sien, et s'émerveillait à la vue des richesses que la main des hauts et puissants seigneurs y avait rassemblés, merveilles de toutes les époques, de tous les lieux : antiques tapisseries, tableaux de maîtres, armes précieuses. Elle fut surtout sensible à la vue des pièces d'orfèvrerie rangées sur les dressoirs ou serrées dans une large armoire de chêne aux ferrures solides. Ces plats d'argent massif, ces aiguières, ces coupes ciselées avec un art infini, ces énormes hanaps dans lesquels tiendrait le contenu de trois bouteilles, plus remarquables encore par la beauté du travail que par la richesse de la matière, firent monter à ses yeux des lueurs de fierté joyeuse.

Mais où elle s'extasia, où sa gratitude déborda en un flot de tendres paroles et d'effusions charmantes, ce fut dans l'appartement qui lui avait été préparé avec un soin si exquis, une entente de ses goûts si parfaite, qu'Antonine en témoigna le plus vif ravissement.

C'était celui de la marquise Blanche; mais la destination des pièces avait été changée par ordre du marquis. Le lit d'Antonine ne devait pas être celui dans lequel la douce jeune femme, la pauvre mère avait rendu le dernier soupir; aussi la chambre à coucher s'était transformée en un boudoir rose et coquet, et tout cet intérieur était frais, gracieux, et montrait un luxe de bon goût dans ses plus minutieuses recherches.

Ce fut là que le marquis laissa Antonine, qui manifestait le désir de prendre un peu de repos. Elle y demeura seule avec son frère, dont l'admiration menaçait de tourner à l'ébahissement.

En ce moment il examinait le meuble de satin rose pâle, et passait la main sur l'étoffe soyeuse.

« Philippe! » fit la marquise avec impatience.

Il ne se détourna pas et poursuivit son inventaire.

« Philippe, répéta-t-elle, viens donc là; nous avons à causer. Ne comprends-tu pas que j'ai besoin de m'épancher? et avec qui le ferais-je si ce n'est avec toi? Tu es assez grand pour me comprendre. Allons, viens raisonnablement t'asseoir près de moi. »

Il se vautra tout de son long sur un canapé.

« Parle, dit-il, je t'écoute.

— Tu plaisantes. Fais-moi le plaisir de ne pas gâter le satin en appuyant tes chaussures dessus. Prends une chaise et te mets là. Bien.

— Sais-tu que c'est mirifique chez toi? fit le jeune garçon. Peste! ma sœur, tu n'as pas fait un mauvais coup en épousant ton marquis, quoiqu'il soit un peu vieux pour toi et qu'il ait un air diablement sévère; cet appartement ne ressemble pas à notre maison de Toulouse ni à la villa de Lauzay.

— N'est-ce pas? Qui nous aurait dit, après les mauvaises affaires de bon papa, que nous serions, moins de deux ans plus tard, dans un château comme celui-ci? Ce pauvre grand-père l'avait prévu pourtant; il avait une espèce de prescience. Il disait toujours : « Tu feras un riche mariage, ma fille, tu nous tireras de ce pas difficile. » Et c'est même pour préparer les voies qu'il quitta Toulouse, où notre position eût été vite connue, et consacra nos dernières ressources à nous établir à Lauzay.

— Il a eu joliment raison, ma chère. Mais, dis donc, nous savons ça par cœur; si nous parlions d'autre chose?

— Nous y voilà. Écoute, Philippe, il faut que je te trace ta ligne de conduite.

— Ma ligne de conduite?

— Sans doute. Ta position est assez délicate à Courthenoy; le marquis a permis que je t'y amenasse, mais tu dois t'y maintenir, à moins que tu ne préfères le collège. »

Philippe fit la grimace.

« Le collège! je n'y tiens pas précisément; le château me plaît davantage.

— Il dépend de toi d'y rester. Il a été convenu que tu recevrais des leçons du précepteur d'André.

— Il est gentil, ton André! interrompit le jeune garçon en éclatant de rire. Quelle figure il avait! quel air aimable! Oh! il t'aime bien, sois-en sûre. »

Antonine fronça le sourcil.

« Il me déteste, c'est visible, et je ne l'aime guère non plus. C'est de ce côté que j'ai des recommandations à t'adresser. Vous serez rapprochés dans vos études, fais-y attention; songe qu'il est le fils du marquis, et que tu n'es, toi, que mon frère; ne le heurte pas en face. Il ne s'agit pas ici d'enfantillages; tu me comprends, je présume?

— Très bien, ma chère; je ne suis pas assez bête pour me faire renvoyer, sois tranquille; mais je te prédis du fil à retordre avec ton beau-fils. La petite paraît plus maniable.

— Oh! elle ne m'inquiète pas. C'est Mme de Fontagues qui doit nous en vouloir! Heureusement elle possède, je crois, peu d'influence sur l'esprit du marquis. Je compte bien d'ailleurs que toutes les relations vont être rompues par suite de mon mariage. Mais tout cela ne peut t'inquiéter. Va, fais connais-

sance avec l'extérieur du domaine; je vais rêver à toutes
sortes de choses pendant ce temps. Va. »

Elle s'enfonça dans la bergère capitonnée, renversa sa tête
en arrière, et se mit, en effet, à songer doucement et sans
doute gaiement; car un demi-sourire flottait sur ses lèvres
roses.

X

Le soir même, le marquis dit à sa jeune femme :

« Vous serait-il agréable, Antonine, de faire demain une longue promenade à cheval ?

— En pouvez-vous douter ? s'écria-t-elle en frappant avec joie ses mains l'une contre l'autre. Mais rien ne saurait me faire plus de plaisir ; j'adore le cheval, je crois vous l'avoir dit déjà.

— S'il en est ainsi, veuillez me suivre aux écuries, et me dire si vous êtes satisfaite de ma dernière acquisition. »

Antonine s'élança et arriva avant son mari aux écuries. Un palefrenier donnait des soins attentifs à un alezan aux jambes fines, à la robe magnifique, devant lequel elle s'arrêta avec admiration.

« Vous plaît-il ainsi ? demanda près d'elle la voix du marquis.

— Il est à moi ? cria-t-elle joyeuse. Oh ! n'est-ce pas ? il est à moi ?

— Il est à vous. Je suis heureux qu'il vous convienne. »

Ce furent des remerciements, des extases ; puis le marquis et Antonine entrèrent ensemble dans la salle à manger, car la cloche se faisait entendre.

Pendant le dîner, on reparla de l'alezan et de la promenade projetée.

« Nous emmènerons Philippe, si vous le voulez bien,

Hugues; ce sera un vrai bonheur pour lui. Nous pourrions aussi jouir de votre compagnie, mignonne, ajouta-t-elle en se tournant vers Lucienne.

— Oh! mad... maman, balbutia celle-ci en rougissant; je monte très mal à cheval, et je vous gênerais. »

Le marquis la regarda d'un air étonné.

« Tu nous gênerais, toi, ma fille! Voilà une étrange pensée. As-tu jamais gêné ton père? et puisque ta mère en exprime le désir... Mais tu n'es pas d'ailleurs si mauvaise amazone; il y a près de deux ans que la Javelle te donne des leçons.

— Pas régulièrement, papa, je ne suis pas sûre de moi-même.

— La Javelle veillera spécialement sur toi.

— C'est entendu, reprit la pétulante marquise. Nous ferons une vraie partie; c'est dommage seulement que nous n'ayons pas plus de compagnons.

— Mais... si nous cherchions un peu... N'êtes-vous pas très bon cavalier, monsieur Davy?

— Non, pas très bon, monsieur le marquis; passable tout au plus.

— Cela ne fait rien. Vous viendrez, Monsieur, vous viendrez, fit Antonine. Les nouvelles reines ont des privilèges, on doit leur obéir en toutes choses. »

Elle avait prononcé ces derniers mots d'un ton badin, en adressant un sourire des plus gracieux au jeune précepteur, qui se levait.

Il était tout près d'elle; son regard franc et doux rencontra celui de la marquise, et il répondit très bas en s'inclinant :

« Cela est vrai, Madame; mais le plus beau privilège d'une souveraine, c'est le droit de faire ou d'obtenir grâce. »

Elle entendit et comprit, car ses sourcils bruns se contractèrent légèrement; mais elle ne fit aucune allusion à ces paroles et reprit sa conversation avec le marquis. Peut-être cependant au fond de son âme germa un sentiment de rancune contre ce jeune homme qui s'était permis de lui donner une leçon.

Le lendemain, comme Antonine achevait de vêtir un fort joli habit de cheval, on frappa doucement, et Lucienne entra.

Elle était prête, à part son chapeau, qu'elle tenait à la main.

« Bonjour, maman, fit-elle timidement. Papa m'a vue et m'envoie vous demander si ce costume ne me va pas encore trop mal. »

La marquise fit tourner la fillette sur elle-même tout en l'examinant d'un œil connaisseur.

« Il peut passer pour une fois, dit-elle enfin ; mais, ma pauvre belle, qui vous a coiffée de la sorte?

— C'est moi, » murmura Lucienne rougissante.

Antonine éclata de rire.

« Je ne m'en étonne plus. Estelle, défaites vite cette coiffure ridicule et faites valoir ces magnifiques cheveux blonds; nous avons le temps encore. »

La femme de chambre saisit à deux mains la masse épaisse de la chevelure; elle la tordit, la roula et disposa sur la tête de Lucienne un opulent édifice qui, lui ôtant tout caractère enfantin, la transforma complètement en jeune fille.

« A la bonne heure ! approuva la marquise. Voilà au moins une coiffure qui rehausse votre joli visage. Là, regardez-vous donc et admirez-vous. »

Elle la mettait devant la haute glace, qui lui renvoyait son image.

Et vraiment cette image était si attrayante, si gracieuse, que Lucienne lui sourit d'un sourire encore timide, mais heureux, et qu'elle se sentit attirée tout d'un coup vers cette belle-mère que de loin elle avait redoutée comme ennemie.

Antonine acheva de la conquérir en continuant avec gaieté :

« Estelle vous coiffera tous les jours. Je veux que vous soyez jolie. Tenez, votre père exige que vous me traitiez en mère ; moi, j'aurais préféré être votre grande sœur, une sœur gâteau ; de cette façon vous m'auriez mieux comprise. »

La fillette, interdite, se taisait ; la marquise reprit avec la même cordialité :

« Voulez-vous qu'il en soit ainsi? Vous continuerez à m'appeler maman, puisque tel est le désir du marquis ; mais en réalité vous serez ma petite sœur. Voyez-vous, je suis trop jeune pour gouverner votre conduite ; que votre institutrice se charge de ce soin ! Moi, je gouvernerai votre toilette ; je vous ferai perdre ce genre rustique, et nous serons bonnes amies, n'est-ce pas? Embrassez-moi pour sceller le contrat. »

Lucienne, tout à fait charmée, lui sauta au cou.

« Oh! de tout mon cœur, » s'écria-t-elle.

Et pendant toute la promenade elle pensa aux étranges préventions qu'elle avait nourries contre sa belle-mère et en constata l'inanité.

Une belle-mère! c'était donc cela. Quels vains fantômes s'était forgés son imagination! Comment avait-elle pu juger si mal cette charmante Antonine, qui lui avait plu cependant à première vue? C'était la faute d'André; elle écoutait trop André, maintenant il n'en serait plus ainsi. Elle le pressentait, cette terrible belle-mère serait dans le sombre château l'élément actif, joyeux, brillant, qui manquait auparavant à la vie de Lucienne.

Pendant que sa sœur se réjouissait ainsi, André restait sombre et muet dans sa chambre, livré à de tristes réflexions. Depuis la veille il était seul; Gabriel Davy lui-même n'était venu le voir qu'une seule fois, et à peine avait-il passé deux ou trois minutes avec lui. C'était l'ordre formel du marquis; personne ne devait le distraire dans sa prison.

Il déjeuna solitaire et morne, et vint s'accouder à sa fenêtre, qui donnait sur une des cours. Il y avait plus de mouvement que de coutume; on voyait les serviteurs passer et repasser d'un air empressé. La Javelle parut à son tour; ses éperons sonnaient sur le pavé.

« La Javelle! » appela le jeune garçon.

Le brave serviteur leva la tête et sourit bonnement.

« Où vas-tu, la Javelle?

— Monsieur André, j'accompagne mon colonel.

— Ah! mon père sort seul?

— Non, monsieur André, avec Mᵐᵉ la marquise... (Ici la voix de la Javelle baissa insensiblement et s'altéra un peu; l'honnête garçon ne s'était pas encore habitué à donner ce titre à une autre qu'à sa chère maîtresse d'autrefois.) Et aussi... »

Il s'arrêta tout à fait, parce qu'il venait de se rappeler que son jeune maître était prisonnier, et il avait peur de l'affliger en lui parlant des plaisirs des autres; mais André remarqua l'interruption.

« Et puis? fit-il avec impatience. Achève donc.

— Et Mlle Lucienne, M. Davy, et enfin le frère de Mme la marquise.

— Lucienne ! répéta André frappé de stupeur. Lucienne a consenti... Papa l'a exigé sans doute ? Et M. Davy y va aussi ? Il ne m'en a pas parlé pourtant.

— Il n'aura pas voulu vous faire de peine, répliqua la Javelle, et si j'avais pensé d'abord, je ne vous aurais rien dit non plus. D'ailleurs, il ne faut pas trop vous contrarier, Monsieur ; trois jours sont vite passés. »

André fit un geste hautain.

« Je ne suis pas contrarié, dit-il vivement. J'aime mieux être prisonnier que d'aller me promener avec elle. La Javelle, papa a dit : C'est une mère. Juges-en : la première fois que j'en ai entendu parler, j'ai été battu..., et le fruit de son entrée à Courthenoy, c'est une punition. »

La Javelle poussa un soupir à faire tourner un moulin. Jamais il ne s'était trouvé dans un tel embarras. Que répondre ? Il chérissait passionnément son jeune maitre et avait grand'peine à adopter la nouvelle marquise ; mais lui, le serviteur modèle, ne pouvait blâmer son colonel.

Il se gratta la tête et regarda André avec des yeux humides.

« Que voulez-vous, monsieur André ! dit-il enfin, c'est triste, mais faut en prendre son parti, puisque le bon Dieu le veut. Le colonel est le maitre. »

André ne répliqua rien et se retira de la croisée. Son cœur était gonflé, son âme pleine de pensées de révolte et presque de haine. Il se laissa tomber sur la chaise placée devant sa petite table, mit son front dans ses mains et se prit à sangloter.

Quoi ! personne ne l'aimait donc plus ! Cette étrangère avait suffi pour tout lui enlever : son père, sa sœur, et jusqu'à cet ami si bon, si dévoué, Gabriel Davy !

« Ah ! maman, maman chérie, bégayait-il à travers ses larmes, c'est ta mort qui est la cause de tout. Nous étions si heureux ! Pourquoi m'as-tu laissé, maman ? Pourquoi ne m'as-tu pas emmené avec toi ? Mère, mère, je t'aimais tant ! Si tu voyais comme je souffre ! »

La colère et la rébellion sont mauvaises à tout âge ; elles rendent à jamais malheureux le cœur dont elles s'emparent. André souffrait réellement et beaucoup. Heureusement, au milieu de son désespoir, le bon Dieu lui envoya un doux souvenir.

Un parfum d'encens, des cierges lumineux, des chants d'allégresse, le prêtre tenant en main la blanche hostie du sacrifice, le jour de la première communion, tout cela se peignit dans sa mémoire comme un tableau vivant. Il joignit les mains. Était-ce là ce qu'il avait promis à Dieu en ce beau jour? Où étaient ses résolutions si ferventes?

Il se rappela les avoir écrites et les chercha dans son carnet; il ne tarda pas à trouver la page où il les avait tracées d'une main que l'émotion faisait trembler. Trois fois il relut cette phrase :

« Je serai toujours soumis à mon père; je me garderai de juger ses actes, quels qu'ils soient, persuadé que sa volonté est pour moi l'expression de la volonté du bon Dieu. »

C'était Mᵐᵉ de Fontagues qui lui avait suggéré cette pensée. André se le rappela et se demanda :

« Savait-elle donc déjà...? Non, c'est impossible; papa n'a pas l'habitude de confier ses projets. Mais elle s'en doutait peut-être, et elle ne voulait pas que je fusse rebelle. Ma tante pense comme pensait maman... Serait-elle donc fâchée contre moi, maman, si elle me voyait à présent? Elle me voit, elle m'entend, j'en suis certain. O mère! ne sois pas fâchée; aime toujours ton pauvre André. »

Il pleura plus doucement, et ces larmes que la colère ne faisait plus couler le soulagèrent; peu à peu il se calma, et finit par se mettre à genoux, promettant à Dieu, sinon d'aimer la marquise, il n'en était pas là encore, du moins de lui témoigner la déférence que son père exigeait à son égard.

Quand son précepteur vint le soir, André se jeta dans ses bras.

« Je vous ai accusé de ne plus m'aimer, lui dit-il avec confusion, pardonnez-moi. »

Gabriel comprit ce qui s'était passé ce jour-là dans l'âme de l'enfant.

« Vous sentez vous-même votre injustice, répondit-il doucement. Moi, ne pas vous aimer, mon pauvre cher André! comment cela pourrait-il être? Croyez-vous que mon cœur change ainsi?

— Pardonnez-moi, répéta le jeune garçon, je ne douterai plus de vous jamais ! »

Sous l'influence de ces sentiments de repentir, il s'ouvrit à son ami avec une franchise entière. Gabriel ne le gronda point ; il le caressa, l'encouragea, et obtint de lui des promesses de soumission.

C'était beaucoup ; mais, le jeune homme le savait, la voie dans laquelle entrait le marquis était mauvaise ; la rigueur des châtiments ne servirait qu'à rebuter André. Ah ! si la marquise eût été bonne !... Hélas ! Gabriel la connaissait maintenant ; ce n'était rien qu'une femme frivole, égoïste, qui sait ? haineuse peut-être.

Il confia ses appréhensions à miss Jane ; l'Irlandaise chercha à le rassurer.

« Elle est vaine et étourdie, disait-elle ; je ne puis la croire méchante. Elle semble disposée à aimer Lucienne ; pourra-t-elle rester indifférente envers André ? La sœur plaidera la cause du frère, et, si une fois elle s'attache à cet enfant, tout est sauvé. »

Gabriel hochait la tête d'un air de doute ; l'avenir lui apparaissait noir pour son élève chéri.

XI

On était aux premiers jours d'octobre. Le temps, très beau jusqu'alors, avait pris une teinté maussade; le ciel, d'un gris terne, ne laissait pas au soleil la force de percer l'épaisseur des nuages. Huit heures sonnaient. Claude, un arrosoir à la main, parcourait une plate-bande ornée des plus jolies fleurs de la saison.

Il allait doucement, avec précaution, relevant parfois les tiges courbées, jetant au loin les feuilles flétries que le vent avait amassées sur les fleurs.

Absorbé par cette occupation, il n'avait pas vu André s'approcher de lui.

« Que fais-tu donc là, Claude? interrogea avec surprise le fils du marquis.

— Ah ! monsieur André, vous m'avez presque fait peur. Vous voyez, j'arrose votre jardin.

— Mais tu ne penses pas à l'heure? C'est la rentrée aujourd'hui.

— Je le sais bien, répliqua Claude d'un air chagrin; mais je n'irai plus à l'école, Monsieur.

— Tu n'iras plus...? répéta André stupéfait.

— Non, Monsieur. Hier, M. le marquis m'a fait appeler, et m'a dit que j'étais en âge de choisir un état. « Réfléchis jusqu'à demain, a-t-il ajouté, et quand tu m'auras indiqué la profession que tu désires embrasser, je te mettrai en apprentissage. » Alors j'ai répondu que je n'avais pas besoin de réflexion, et j'ai supplié M. le marquis de me garder au château comme domestique. « Je le veux bien, répondit-il ; mais je ne vois pas le moyen de t'employer pour le moment autrement que comme apprenti jardinier. Aurais-tu de la répugnance pour ce métier ? » J'ai dit non, et il a été convenu que je commencerais aujourd'hui. »

André, très rouge, se campa devant son ami.

« Claude, tu n'es pas franc, dit-il impétueusement. Ne m'avais-tu pas dit que tu désirais aller encore à l'école ?

— Oui, Monsieur, oui ; puisque vous m'aviez promis... »
André l'interrompit.

« J'ai tenu ma promesse, Claude. Mais toi, pourquoi n'as-tu rien objecté à papa ? »

Le petit jardinier posa son arrosoir et attacha sur André un regard effrayé.

« Moi ! dire une chose pareille à M. le marquis ! Vous plaisantez, Monsieur. Il m'aurait chassé, et il aurait eu raison. Pensez donc à ce que je suis : un pauvre enfant trouvé qui doit tout à la charité de vos parents, et qui sans eux serait depuis longtemps à l'hospice. Ah ! je n'aurais jamais osé, mon Dieu ! A peine si je puis ouvrir la bouche devant M. le marquis.

— Mais j'ai parlé, moi, fit André avec chaleur. Entends-tu, Claude ? Je l'ai demandé à mon père, et j'espérais qu'il consentirait ; j'y comptais même, car il n'avait rien dit ; mais il avait caressé mes cheveux de cet air qu'il prend quand il est satisfait. C'était si bien arrangé entre nous ; en continuant de travailler à l'école, tu aurais été capable, dans deux ou trois ans, de seconder très bien M. Dubois, l'intendant. Qui a pu faire échouer nos projets ?

— Ne cherchez pas, monsieur André. C'étaient de trop beaux rêves pour moi, voilà tout. Pourvu que je reste au château, c'est l'essentiel, et j'espère bien qu'on ne m'en chassera pas si je me conduis bien. »

André ne répondit pas. La tête basse, les sourcils froncés, il regardait obstinément la terre.

« Ne soyez pas si mécontent, je vous en prie, Monsieur, reprit Claude d'un ton caressant. Je ne suis pas trop malheureux d'être jardinier, allez ; je crois que j'aimerai mon

état. J'ai demandé exprès à Thomas la permission de commencer par votre petit jardin ; voyez comme il a bonne mine.
Ce n'est pas tout ; j'y planterai toutes sortes de fleurs, je les
soignerai bien, vous serez satisfait.

— Tu es un bon garçon, mon Claude, dit André. Embrasse-moi et au revoir. Je réfléchirai à tout ça. »

Il s'en alla lentement, les mains dans ses poches, cherchant qui lui avait joué ce mauvais tour. Sa première pensée
accusait la marquise ; mais la marquise s'occupait-elle de
Claude ? Non, cet enfant était trop peu pour elle, elle ne
pouvait songer à l'honorer de son antipathie.

Pourtant, malgré les objections qu'il se posait à lui-même,
André ne réussissait pas à porter ses soupçons ailleurs. Qui
donc en voudrait à ses amis les plus humbles, sinon Antonine ?

La paix n'était pas faite entre eux, et Gabriel Davy commençait à craindre qu'elle ne se fît pas de longtemps.

Après sa réclusion de trois jours, André était revenu vers
son père, plein de repentir et de bon vouloir. Le marquis le
soumit à une rude épreuve : il exigea qu'il fît des excuses
à sa belle-mère.

Gabriel trembla pour les résolutions de son élève ; mais
l'enfant s'arma de courage, et, frémissant de la lutte,
adressa à la marquise quelques mots brefs qui étaient une
réparation.

Pour peu qu'Antonine se fût montrée indulgente et douce,
sans cesser d'être digne, elle eût fait un pas décisif dans le
cœur de son beau-fils.

Il n'en fut rien : au lieu de lui adoucir cette démarche
pénible à son amour-propre, elle l'accueillit d'un air froid
et railleur, plaisanta sur la première entrevue et lui déclara
qu'il était extrêmement comique dans son courroux. En
finissant, elle fut surprise du coup d'œil singulier que lui
jeta l'enfant.

Ce n'était pas de l'aversion, c'était du mépris qu'il y avait
dans ce regard.

Antonine le vit clairement et rougit ; ses yeux étincelérent,
mais elle se tut.

A partir de ce moment la guerre fut déclarée ; non pas
une guerre ouverte, mais une hostilité sourde, continue,.
dans laquelle l'avantage restait à la marquise.

Manœuvres habiles, ruses de toutes sortes, paroles mielleuses ou piquantes étaient employées par elle avec un égal succès.

André n'avait rien pour se défendre ; mais la colère s'amassait dans son cœur, et les efforts de Gabriel étaient vains devant ce sentiment que chaque jour semblait accroît e.

Lorsqu'il entra dans la salle d'étude, le jeune garçon constata avec un soupir de soulagement que son précepteur était seul. Il courut à lui.

« Monsieur, saviez-vous que Claude est apprenti jardinier?

— Non, mon enfant. Depuis quand?

— Depuis ce matin, Monsieur; vous étiez là quand j'ai parlé de lui à papa ; vous m'aviez approuvé. Vous vous souvenez de m'avoir dit que la cause était gagnée?

— Je m'en souviens, oui. Votre père aura réfléchi.

— Non, Monsieur; ça ne vient pas de lui, on le lui a soufflé.

— Vous rêvez, André. Qui donc?...

— Qui? vous la connaissez comme moi ; elle l'a fait pour me causer de la peine. »

Le précepteur allait répondre, lorsque miss Jane et Lucienne, bientôt suivies de Philippe, pénétrèrent dans la salle.

Le frère d'Antonino riait de toutes ses forces.

« Ah ! ah ! vous m'avez amusé, André, dit-il en se laissant tomber sur une chaise. De quel cœur vous embrassez les domestiques ! Par ma foi ! je me serais figuré que vous étiez plus fier. Ah ! ah ! j'en ris encore quand j'y pense. A pleine bouche ! Non, c'était trop drôle. »

Lucienne regarda son frère avec étonnement.

« De qui parlez-vous, s'il vous plaît? fit André.

— Eh ! du petit jardinier, de Claude.

— Et comment savez-vous déjà qu'il est jardinier, Monsieur ?

— Parbleu ! ce n'est pas difficile à deviner, en le voyant arroser et arracher les mauvaises herbes. Je ne vous savais pas si familier avec les domestiques. Excusez du peu !

— D'abord je suis libre d'embrasser qui bon me semble ; ensuite Claude n'est pas un domestique : c'est mon ami d'enfance, mon camarade, le filleul de ma chère maman. »

Philippe, pour toute réplique, se mit à ricaner avec impertinence. Une lueur passa dans les yeux d'André, sa patience était à bout.

« En tous cas, Monsieur, vous n'avez pas le droit de le mépriser, dit-il d'une voix vibrante. Claude est bien autant que vous ici.

— André ! André ! » fit Gabriel en arrêtant le jeune garçon.

Philippe Claverel lui jeta un coup d'œil sournois et vindicatif.

« Vous voulez dire que je ne suis rien à Courthenoy, répondit-il ; au moins ma sœur est bien quelque chose.

— Paix ! intervint Gabriel avec autorité. Que signifient ces disputes ? Vous avez tort tous les deux. Asseyez-vous et commençons la leçon. »

André et Philippe obéirent, en ayant soin de se placer loin l'un de l'autre. Chaque jour il en était ainsi, et il était rare qu'aucune querelle ne vînt troubler la paix ; les premiers torts venaient toujours du côté de Philippe ; toutefois le précepteur grondait plus souvent André. L'enfant ne s'y trompait pas, il n'avait garde d'accuser son bon ami d'injustice.

Bien que Philippe eût deux ans de plus que son compagnon d'études, il était loin d'être aussi avancé, et il lui en voulait de cette supériorité. Ce n'était pas l'émulation qui le faisait agir : l'émulation est un noble sentiment, et le pauvre enfant en était incapable ; c'était l'envie, la basse envie qui le rongeait.

Chose singulière, moins rare néanmoins qu'on ne pourrait le croire, Philippe, si jaloux de la supériorité d'André, ne faisait nul effort pour combler cette distance ; sa paresse invétérée était plus forte que son orgueil.

Peut-être n'était-ce pas non plus tout à fait sa faute. Philippe Claverel avait été privé tout petit de l'amour éclairé d'une mère, des sollicitudes d'un père. Élevé par un aïeul frivole et mauvais chrétien, subissant l'influence de sa sœur, le malheureux enfant manquait des principes solides qui lui auraient aidé à vaincre ses défauts, et ceux-ci, l'occasion échéant, deviendraient facilement des vices.

La leçon du matin terminée, André se rapprocha de sa sœur.

« Tu as entendu, Lucienne ? dit-il. Claude est jardinier. Tu sais ce que j'avais demandé à notre père ? »

Lucienne haussa les épaules avec indifférence.

« Que veux-tu que j'y fasse ? Papa n'a pas jugé bon de t'accorder ta demande.

— Papa ne m'aime plus sans doute, fit André d'une voix sourde, mais toi, Lucienne, il t'aime toujours. Joins-toi à moi pour une seconde tentative.

— Pour cela, non ; je ne te comprends pas. L'autre jour, maman a bien ri de tout ce que tu disais à papa.

— Ah ! elle a ri. C'est bon ; je vois clairement d'où vient le coup.

— Qu'est-ce que tu vois ? Tu te trompes si tu t'imagines que maman s'est occupée de ton protégé.

— Lucienne, tu m'avais promis de ne plus la nommer maman quand nous sommes seuls.

— Je n'y ai pas pensé. C'est ennuyeux aussi. J'ai pris l'habitude de dire maman, et je te trouve bizarre. Crois-tu que ce n'est pas mieux que de l'appeler comme toi Mᵐᵉ de Courthenoy ? Les gens du monde le trouveraient ridicule.

— Nous ne voyons pas de gens du monde.

— Nous en verrons, répliqua Lucienne avec vivacité. Laisse venir l'hiver ; le deuil de maman sera fini, et elle compte bien obtenir de papa... ; mais j'ai promis de n'en pas parler. Tu ne me trahiras pas ?

— Tu sais bien que non.

— Eh bien ! elle espère que nous irons habiter Paris. »

André fit un brusque mouvement.

« Habiter Paris ! quitter Courthenoy ! Oh ! non, notre père ne le voudra jamais, » ajouta-t-il un peu rassuré.

Lucienne parut réfléchir.

« Peut-être, en effet, ne cédera-t-il pas. En ce cas, nous nous arrangerons pour passer au moins une partie de l'hiver à Poitiers ; car maman dit que la campagne est insupportable en cette saison ; puis, l'été prochain, elle compte bien attirer une brillante société au château. Oh ! nous nous amuserons beaucoup. Je dis nous parce que maman me fera partager ses plaisirs ; j'aurai quinze ans, et je suis si grande, qu'on m'en donnerait davantage.

— Et tu les accepteras de sa main ? »

La jeune fille se mit à rire.

« Sans doute, dit-elle en tirant un miroir de poche devant

lequel elle rajusta quelques boucles envolées. Pour toi seul
elle est un épouvantail ; avec moi elle est très gentille, et nous
nous entendons parfaitement.

— Lucienne, tu ne penses plus à notre vraie mère. »

Il s'éloigna brusquement, tandis que sa sœur finissait de
rétablir l'ordre dans sa coiffure.

Elle disait vrai, la marquise et elle s'entendaient à merveille ; c'est-à-dire que Lucienne subissait totalement l'ascen-
dant de sa belle-mère. Les instincts frivoles qui sommeil-
laient en elle avaient trouvé l'occasion de s'éveiller, et miss
Jane avait peine à l'arracher à sa toilette pour l'amener
à la salle d'étude, à laquelle elle apportait du reste une
distraction et une mollesse évidentes.

Au déjeuner, André se montra plus silencieux encore que
d'habitude et s'éclipsa dès qu'il le put pour aller retrouver
Claude au jardin. La marquise dit alors à son mari :

« Mon ami, j'ai besoin d'avoir avec vous quelques minutes
d'entretien. »

C'était prier les autres de se retirer, ce qu'ils firent im-
médiatement.

« Mon cher Hugues, fit Antonine, lorsque vous voulûtes
bien accueillir mon frère à Courthenoy, j'acceptai avec
reconnaissance. Aujourd'hui je conserve la même gratitude
pour vos bontés, mais, au risque de vous sembler capricieuse,
je vous supplierai de mettre Philippe au collège. »

Le marquis regarda sa femme avec la plus profonde
surprise.

« Au collège ! répéta-t-il. J'avoue, Antonine, que je ne
vous comprends pas. De quoi auriez-vous à vous plaindre ?
N'ai-je pas tenu ma parole ? Philippe partage les leçons
d'André. »

Un soupir fut la seule réponse de la jeune femme.

« Je veux connaître vos raisons, insista le marquis. On ne
change pas d'avis sans motifs ; quels sont les vôtres ?

— Dispensez-moi de vous les dire, Hugues ; fiez-vous à moi
pour les peser mûrement. J'ai réfléchi avant de vous adresser
cette demande ; mais il y a longtemps que j'aurais dû le faire,
ou plutôt, non, je ne devais pas laisser entrer mon frère au
château. »

Les sourcils du marquis se contractèrent.

« Je ne comprends pas vos réticences, dit-il ; je veux que vous parliez avec franchise. Qu'est-il arrivé ?

— Oh ! mon Dieu ! rien au fond, mon ami, des enfantillages ; mais cela blesse la juste fierté de Philippe et peut amener entre votre fils et lui des dissensions regrettables.

— Il s'agit donc d'André ? »

Le marquis se leva et marcha avec agitation.

« Il s'agira toujours d'André. Quoi ! ne me donnera-t-il pas de repos ? Verrai-je toujours croitre la mésintelligence entre vous et lui ? »

Antonine cacha sa figure dans ses mains.

« Voilà ce que je craignais, dit-elle d'un ton plaintif ; voilà ce qui me faisait hésiter à vous apprendre... Dites, y a-t-il de ma faute ? N'ai-je pas tout essayé pour gagner le cœur de cet enfant ? Savais-je qu'une belle-mère serait pour lui un objet d'horreur ? »

Elle se mit à pleurer. Le marquis vint se rasseoir auprès d'elle et prit une de ses mains, qu'il serra.

« Je vous en prie, ma chère Antonine, pas de larmes, fit-il vivement. Ai-je dit que vous fussiez coupable ? Non, je reconnais que vous avez fait les premières avances. Calmez-vous et apprenez-moi la vérité.

— Vous le voulez, la voici : mon pauvre Philippe est venu me trouver tout en pleurs après la leçon ; il me conjurait de le laisser aller au collège, où du moins on ne lui reprocherait pas sa pauvreté, où on ne le mettrait pas sur la ligne des serviteurs et des mendiants.

— Mon fils a osé dire ces paroles ?

— Mon ami, je vous conjure, ne le grondez pas, ne le punissez pas surtout. Hélas ! sa belle-mère lui est assez odieuse sans qu'il ait ce nouveau grief contre elle. Une fois séparé de Philippe, il sera peut-être plus content.

— Non, Antonine, non, Philippe restera, et je vous promets que rien de semblable n'arrivera plus. »

Le marquis sonna.

« Que M. André vienne me parler sur-le-champ. »

Antonine se leva ; son mari la retint.

« Restez, dit-il, je le veux ; je verrai jusqu'où ira son audace. »

Elle se rassit, et presque au même instant André parut.

Sur un signe de son père, il s'avança et se tint debout devant lui.

« Vous savez sans doute pourquoi je vous ai fait appeler? prononça le marquis de sa voix brève et sévère.

— Non, papa, je ne sais rien.

— Et vous ne vous souvenez pas d'une faute récente?

— Je ne me souviens de rien de ce genre.

— Vous avez là mémoire courte, Monsieur. Je dois donc vous rappeler que, ce matin, vous avez osé reprocher au frère de la marquise (il pesa sur ces derniers mots) de n'être rien au château, et le comparer aux serviteurs et aux mendiants. »

Le regard d'André se porta sur Antonine.

« On vous a promptement renseigné, mon père, dit-il avec amertume.

— Assez d'audace. Répondez à une seule question : Avez-vous parlé de la sorte ?

— Ce ne sont pas les mêmes termes, mais c'est à peu près le même sens ; oui, papa, répondit-il avec assurance.

— Et savez-vous que c'était lâche, Monsieur, triplement lâche ? »

André bondit comme sous un coup de fouet.

« Lâche ! cria-t-il ; lâche ! moi ! Et c'est vous, vous qui me le dites, mon père !

— Oui, Monsieur, et je vous le répète : vous avez commis une lâcheté, et vous ne pouvez la réparer qu'en adressant des excuses à celui que vous avez offensé.

— Des excuses à lui ! Jamais, papa !

— Faites-lui grâce, mon ami, intervint la marquise d'une voix douce. Vous lui demandez l'impossible : il nous enveloppe tous deux dans la même horreur.

— Ne demandez pas grâce pour moi, Madame, dit André, en fixant sur elle un regard méprisant, cela vous sied mal après m'avoir accusé ; d'ailleurs, je ne voudrais pas d'une grâce que vous m'obtiendriez.

— Insolent ! s'écria le marquis hors de lui. Ne me parlez plus, Antonine, je ne veux rien entendre. Eh bien, Monsieur, puisque vous désirez une punition, vous allez être satisfait. La privation de liberté vous est insupportable, par conséquent vous serez prisonnier pendant huit jours, non dans

votre chambre, où vous voyez trop de personnes, mais dans
la tour.

« La Javelle !

— Mon colonel ! fit l'ancien soldat en se montrant sur le
seuil.

« Lâche ! cria-t-il ; lâche ! moi ! »

— Conduis M. André à la chambre de la marquise, dans
la tour, et enferme-le soigneusement. Tu ne bouges pas.
M'as-tu entendu ?

— Oui, mon colonel, » balbutia le pauvre homme.

Il sortit la tête basse, suivant André, qui sans sourciller
prenait le chemin de la tour.

XII

C'était la première fois que le fils du marquis habitait cette prison ; ce ne devait pas être la dernière. La chambre de la marquise, située au premier étage de la tour, était une pièce octogone, prenant jour par une seule meurtrière à laquelle on ne parvenait qu'en plaçant un escabeau sur la table ; encore cette ouverture tournait-elle le dos au château, ne laissant apercevoir, au delà du fossé, que la sombre masse de la forêt.

Il y avait bien en deçà des douves un étroit espace pavé, sorte de cour dans laquelle personne ne passait, parce qu'elle aboutissait seulement à la tour.

La chambre était restée exactement la même qu'au temps de la marquise Béatrice : une vieille tapisserie rongée par les mites et les vers, pendant en lambeaux sur les murs, deux sièges, une table massive, un bahut aux curieuses sculptures, vermoulu par l'humidité, un lit étroit et dur faisaient tous les frais de l'ameublement. Quand le vent soufflait dans la cheminée immense, il y produisait une étrange musique. Ce n'était pas un lieu récréatif, et André s'y sentait réellement prisonnier lorsque la Javelle, fidèle à sa consigne en dépit des déchirements de son cœur, poussait les énormes verrous et ajustait la lourde barre de fer en dehors.

Dans cette lugubre solitude, dont on ne le tirait que le soir,

André ne sentait pas diminuer le poids de sa rancune contre les auteurs de ses maux, c'est-à-dire Antonine et son frère; car, rendons-lui justice, son amour filial n'en était pas diminué : au contraire, c'était la cause principale de sa souffrance que ce père qu'il chérissait ardemment ne lui montrât plus d'affection.

La marquise trouvait le moyen de dénaturer ses actes les plus innocents; vindicative à l'excès, elle ne pardonnait pas à l'enfant la répulsion qui, elle le comprenait, s'attachait plus à sa personne qu'à son titre de belle-mère.

Il n'était pas d'ailleurs le seul qui portât ombrage à Antonine; elle se tenait en défiance contre tous ceux qu'elle soupçonnait de ne pas l'aimer, et ils étaient assez nombreux. La Javelle, en particulier, avait le don de lui déplaire : il témoignait trop d'affection à André pour qu'il en fût autrement; mais elle sentait ne rien pouvoir contre ce fidèle serviteur, dont l'obéissance passive, l'exactitude, la discrétion ne donnaient aucune prise.

Elle n'était pas plus heureuse avec M. Davy, que dès longtemps elle avait pris en aversion; il savait dérouter la malveillance par la dignité de son attitude.

Miss Jane trouvait grâce devant elle : elle était si bonne créature, si patiente, si disposée à interpréter toujours dans un sens favorable la conduite de son prochain !

L'hiver donna un nouveau but à la pétulance d'Antonine. Les chemins boueux la dégoûtaient des promenades, la campagne était morne et dépouillée; la marquise bâillait. Elle entreprit alors, suivant sa promesse à Lucienne, d'obtenir un séjour momentané dans la capitale.

Mais cette fois elle éprouva que toute influence humaine a des bornes. Le marquis repoussa ses propositions, et les plus vives instances ne purent même lui arracher la promesse de passer quelques semaines à Poitiers.

Il détestait les villes, hiver comme été, il ne les habiterait jamais; il fallait en prendre dès à présent son parti.

Ainsi déboutée de sa demande, Antonine ne se découragea point; ne pouvant obtenir le plus, elle insista pour avoir le moins.

Le marquis, contrarié de lui avoir refusé quelque chose, céda sur ce dernier point, et promit de renouer avec d'anciennes connaissances, des voisins plus ou moins rapprochés, et de donner une ou deux fêtes à Courthenoy pendant l'hiver.

Dès lors la jeune femme se mit en mouvement. Elle entra en correspondance suivie avec les grandes faiseuses et les magasins de Paris, sans préjudice des excursions nombreuses faites à Poitiers et dans lesquelles, pour ne pas s'ennuyer, elle emmenait soit Philippe, soit Lucienne.

Chose étrange! le marquis, qui autrefois craignait si fort de nuire aux études de ses enfants, consentait à ces dérangements multipliés; une moue légère, un regard caressant, une prière câline articulée par la jolie voix de la marquise suffisaient pour qu'il lui passât à peu près toutes ses fantaisies.

· Lucienne profitait avec délices des permissions accordées, et s'enthousiasmait de plus en plus pour sa belle-mère.

Il leur arriva une fois de rencontrer Mme de Fontagues.

Le premier mouvement de Lucienne la poussa vers sa tante. Celle-ci lui saisit les mains dans une chaude étreinte.

« Ma Lucienne, mon enfant, fit-elle avec émotion, te voilà donc enfin! Donne-moi des nouvelles de ton père, de ton frère.

— Ils vont bien, chère tante, murmura la jeune fille très troublée.

— Lucienne, pourquoi ne m'écris-tu jamais? »

Lucienne détourna la tête; elle ne voulait pas répéter à sa tante les paroles du marquis adressées à elle et à André, peu de jours après son mariage : « Il est inutile d'écrire à Mme de Fontagues autrement qu'à sa fête et au jour de l'an; elle n'a pas besoin de savoir tout ce qui se passe à Courthenoy. »

La vérité était que M. et Mme de Fontagues s'étaient permis quelques observations, non sur le second mariage du marquis, mais sur le choix de sa seconde femme, et il n'était pas homme à pardonner ce qu'il nommait l'immixtion dans ses affaires personnelles.

Mme de Fontagues devina, au silence de sa nièce, ce que cette dernière n'osait lui avouer; son visage s'attrista, et elle dit doucement :

« Écris-moi dès que tu le pourras, chère enfant, tu nous feras toujours plaisir.

— Venez-vous, Lucienne? » demanda la marquise, qui,

après avoir échangé un froid salut avec Mᵐᵉ de Fontagues, avait donné, pendant ce court arrêt, plusieurs signes d'impatience.

« Veuillez nous excuser, Madame, nous sommes très pressées aujourd'hui; à une autre fois. »

Elle entraîna Lucienne, qui murmurait rapidement :

« Au revoir, bonne tante; mes respects à mon oncle, embrassez mes cousins. »

Cette rencontre assombrit la journée pour la jeune fille, et, à son retour, elle ne put s'empêcher d'en parler à son frère.

André pleura. Le souvenir de sa tante était très vivace en son cœur; il se rattachait à celui de sa mère, et le jeune garçon souffrait beaucoup de la défense du marquis.

L'hiver fut très animé au château. On fit et on reçut des visites. Deux fois Courthenoy s'illumina et rassembla des hôtes choisis. Lucienne, enivrée, parée, brillait près de sa belle-mère et préludait, dans les salons de son père, à la vie mondaine qu'elle espérait goûter l'année suivante.

Il va sans dire que les études étaient des plus négligées. L'institutrice fit des observations à son élève; elle se hasarda même à les présenter à la marquise.

Antonine rit.

« Lucienne n'est plus une enfant, ma bonne miss, dit-elle, et il ne peut être question de la bourrer d'histoire et de rhétorique. Laissez-la prendre les plaisirs de son âge pour la délasser de ce travail aride. »

L'Irlandaise aurait pu répondre que les plaisirs dont il s'agissait ne se rapportaient pas absolument à l'âge de Lucienne; que, loin d'être un délassement, ils devenaient peu à peu sa principale occupation et la dégoûtaient de toutes les autres, etc.

Elle comprit que ces raisonnements seraient inutiles; elle se tut en soupirant et en se disant que la marquise Blanche n'entendait pas ainsi l'éducation de sa fille.

Peu de jours après, André dit à sa sœur :

« C'est aujourd'hui jeudi; nous irons voir Perrine et aussi le pauvre Planchon, qui s'est cassé la jambe. Papa a rempli le porte-monnaie; le voici, c'est ton tour. »

Elle rougit et répondit :

« Garde-le, je le préfère. Aussi bien je ne pourrai t'accompagner aujourd'hui, maman a besoin de moi pour faire des emplettes.

— Tu ne veux plus du porte-monnaie de notre mère, Lucienne?

— Il m'embarrasse, je ne sais où le mettre. Puisque tu distribueras les aumônes, il vaut mieux que tu le gardes.

— Tu ne viendras donc plus jamais?

— Je ne dis pas cela. Es-tu tourmentant! Je ne pourrai pas y aller souvent, car j'ai d'autres occupations. »

André répliqua d'une voix triste :

« Maman avait plus d'occupations que toi, et pourtant elle allait chez les pauvres. »

Lucienne le quitta sans répondre. Elle était bien résolue à ne plus suivre son frère, car la marquise lui avait dit en riant :

« Où alliez-vous donc l'autre jour, en compagnie de miss Jane et d'André, avec ce grand panier au bras?

— Mais... chez de pauvres gens..., des malheureux..., avait répondu Lucienne, non sans embarras.

— Ah! oui, je comprends. Chère mignonne! c'est adorable, en vérité : visiter les chaumières, répandre les bienfaits... Je croyais que ces choses-là ne se voyaient plus que dans *la Morale en action.*

— Mais, maman...

— Enfant naïve! ne comprenez-vous pas que ce n'est plus bien porté, que ce n'est plus de bon ton? Envoyez les domestiques, distribuez des aumônes par leurs mains ou par celles de M. le curé, à la bonne heure! mais n'y allez pas vous-même, ma pauvre petite, pour respirer un mauvais air et nous apporter des maladies. Est-ce compris? est-ce convenu? »

Lucienne, à voix basse, avait répondu oui.

Voilà pourquoi elle ne voulait plus du porte-monnaie de sa mère.

Elle se sentait coupable, mais elle était trop faible pour résister; la marquise l'entraînait, elle se laissait faire.

Elle allait rarement chez Mlle Solange; en revanche, André y montait tous les jours. Il faisait à sa tante sa lecture quotidienne, puis s'asseyait à ses pieds et disait :

« Parlons de maman. »

Lorsque la journée s'était passée sans qu'il fût venu, Mlle de Valfrède disait tristement à Joséphine :

« André est encore puni. »

Joséphine s'en allait en grommelant. La paisible vieille, qui n'avait jamais éprouvé la moindre aigreur contre une créature humaine, se sentait près de haïr la marquise.

Cet hiver, qui sembla trop court à Lucienne et mortellement long à son frère, passa pourtant; le printemps souffla ses premières brises et fit éclore ses premières fleurs; le Clain coula de nouveau entre des rives gazonnées, et de nouveau, sur ses eaux claires et vertes, les nénuphars s'entr'ouvrirent.

André sentit courir en lui un souffle de liberté et de gaieté; être captif en ces beaux jours où les arbres reverdissaient, où les oiseaux chantaient, lui eût paru insupportable; son humeur farouche s'adoucit. Gabriel se réjouit de le voir plus soumis, plus attentif à plaire à son père.

Il passait une partie de ses récréations à son petit jardin, dont Claude prenait un soin extrême; là tous les deux causaient en liberté, à moins que Philippe Claverel n'imaginât de rôder de ce côté, dans le seul but de se rendre désagréable.

Il en fut ainsi un matin où André examinait avec attention un lis magnifique dont les boutons frissonnaient au vent.

« Comme les fleurs sont avancées cette année, Monsieur! dit Claude. Voilà des boutons qui ne tarderont pas à s'ouvrir.

— Tu crois?

— Bien sûr, Monsieur. Voyez, ils sont déjà gros.

— Tant mieux, Claude, je les porterai à maman dès qu'ils seront éclos; toutes mes fleurs seront pour elle ce mois-ci.

— C'est sans doute pour cela que ce coin est mieux soigné que le jardin tout entier, dit derrière eux la voix moqueuse de Philippe. Le marquis te charge-t-il uniquement de l'entretien de cette plate-bande?

— M. le marquis ne m'a point imposé de tâche particulière, Monsieur, répondit Claude tranquillement.

— Et le jardinier te laisse faire à ta guise?

— Thomas ne me défend point de m'occuper du jardin de M. André.

— Oh! tu es à bonne école, on le voit; tu sais répliquer. En attendant, fais-moi le plaisir de cueillir à l'instant un bouquet pour Mme la marquise. Elle est la maîtresse, je suppose.

— Est-ce Mme la marquise qui l'a commandé, Monsieur?

— Impertinent! c'est moi qui te le commande.

— En ce cas vous me permettrez bien de bêcher ce coin auparavant; vous n'êtes pas si pressé.

— Tu bêcheras après; cueille ce bouquet sur-le-champ. »

André n'avait pas encore parlé. Voyant Claude hésiter, il dit brièvement :

« Bêche la plate-bande d'abord.

— Oui, Monsieur, » fit Claude en reprenant son outil.

Philippe fit un pas en avant.

« Tu désobéis à la marquise! dit-il d'une voix sifflante.

— Vous venez de dire tout à l'heure, Monsieur, que ce n'était pas l'ordre de Mme la marquise, répondit le petit jardinier.

— Drôle! je te ferai chasser. »

Un sourire passa sur les lèvres de Claude; ce sourire, un peu railleur, exaspéra Philippe.

« Tu oses te moquer de moi, misérable enfant trouvé! » s'écria-t-il en levant la main.

André lui saisit le bras :

« Ne le battez pas, Philippe, entendez-vous? Ne le battez pas, dit-il avec une violence contenue.

— Ce n'est pas vous qui m'en empêcherez, et, pour preuve... »

La main de Philippe s'abaissa sur Claude; au même instant deux soufflets retentissants furent appliqués sur ses joues.

Le jeune Claverel resta un moment étourdi, puis s'éloigna avec un geste de menace; il cria :

« Vous me le payerez, soyez tranquille.

— Oh! monsieur André, qu'avez-vous fait! balbutia Claude près de pleurer; vous allez être puni à cause de moi...

— C'est probable; mais ne t'en tourmente pas. Je n'ai pas tort, je ne devais pas te laisser frapper. Au revoir, je vais tout conter à M. Gabriel; je veux que lui, du moins, sache que je ne suis pas coupable. »

Claude avait présumé juste, le châtiment ne se fit pas attendre : André fut de nouveau emprisonné.

Il écouta stoïquement sa sentence, dédaignant d'ouvrir la

bouche pour se justifier. Néanmoins son cœur se serra lorsqu'il entendit fermer sur lui les lourdes portes de la tour

Gabriel Davy était révolté d'une telle injustice; il savait
que son élève n'avait pas menti, mais il ne pouvait rien pour
lui; essayer de détromper le marquis eût été peine perdue, sa
confiance en sa femme était sans bornes. Restait la ressource

« Ne le battez pas, Philippe, entendez-vous? »

d'un appel à la conscience de cette dernière, le précepteur
le tenta.

Une cavalcade était organisée pour l'après-midi; la marquise, rencontrant Gabriel, lui dit d'un ton léger:

« Vous serez des nôtres, monsieur Davy?

— Non, Madame, répondit-il avec gravité; dans votre
joyeuse société je ne serais qu'un trouble-fête, mes pensées
resteraient au château. »

Elle comprit; un sourire ironique se dessina sur ses lèvres.

« Près de votre élève chéri? En vérité, si vous le soutenez
ainsi dans ses révoltes, il n'est pas étonnant...

8

— Il n'est pas ici, Madame, je puis dire qu'il est durement châtié pour une légère faute.

— Par conséquent le marquis s'est montré injuste, répliqua la jeune femme, dont le visage s'empourpra.

— Je me suis mal expliqué sans doute; j'ai voulu dire que le coupable, c'est Philippe. »

Le grand mot était prononcé. La marquise et le précepteur se regardèrent, ils s'étaient devinés l'un l'autre. Pourtant Antonine éleva la voix avec un calme apparent :

« Vous n'étiez pas là, ni moi non plus. M. le marquis a jugé, nous n'avons rien à dire. »

Elle s'en alla d'un pas vif, et Gabriel n'entendit plus bientôt le frou-frou de sa robe soyeuse dans les longs corridors.

Alors il regagna sa chambre, un souci de plus sur le front. Il ne s'y trompait point, la marquise lui en voulait et saurait lui en donner la preuve.

Elle me séparera de cet enfant, se dit-il; en voulant le servir, je lui ai nui. Enfin, à la grâce de Dieu !

XIII

L'heure de la récréation venait de sonner. Lucienne s'était envolée près de la marquise; on avait reçu le matin même une caisse de Paris, et la jeune fille avait hâte d'admirer les merveilles de son contenu.

André causait avec Claude près de son petit jardin, pendant que le précepteur se promenait non loin d'eux, un livre à la main; il s'était promis de ne plus quitter son élève, afin d'arrêter dès le principe les querelles entre Philippe et lui.

L'arrivée d'un domestique interrompit sa lecture.

« M. le marquis fait prier monsieur Davy de passer dans son cabinet. »

Le jeune homme jeta un coup d'œil sur les enfants et suivit le messager.

Le cabinet du marquis était une pièce sévère, garnie de cuir de Cordoue, ornée seulement de quelques objets d'art d'un goût sobre et pur. M. de Courthenoy, assis près de son bureau, maniait distraitement quelques papiers posés à sa portée. Il accueillit Gabriel avec sa politesse un peu hautaine et l'invita à prendre place en face de lui.

« Si je ne me trompe, il y a aujourd'hui cinq ans, Monsieur, que vous êtes entré chez moi, » commença-t-il après un court silence.

Ce préambule serra le cœur de Gabriel.

« Vous ne vous trompez point, monsieur le marquis, répondit-il. C'est le 3 juin que, pour la première fois, je fus introduit à Courthenoy.

— Je commencerai par vous remercier, Monsieur, des soins que vous avez constamment prodigués à mon fils, de vos sollicitudes, de votre affection pour lui. Je suis de ceux qui croient que l'argent ne saurait payer ces choses-là, et je ne me croirai point quitte envers vous lorsque j'aurai remis entre vos mains ce portefeuille, qui renferme vos honoraires de l'année passée. »

Il tendit le portefeuille au jeune homme, qui le prit sans un mot; son cœur se serrait de plus en plus, son front se mouillait.

« J'avais besoin de vous exprimer ma reconnaissance avant de vous apprendre une décision que j'ai prise à contre-cœur : nous devons nous séparer. »

Cette parole qu'il attendait, oppressé et tremblant, rendit la force au jeune homme.

« Oserai-je vous en demander la raison, monsieur le marquis ? D'après ce que vous me disiez tout à l'heure, je n'ai pas démérité dans votre estime.

— La raison, répéta le marquis avec un embarras peu ordinaire, peut-être vous semblera-t-elle moins bonne qu'à moi; cependant je suis seul juge des intérêts de ma famille. Je n'ai pas à vous apprendre quelle sorte d'enfant est mon fils; depuis quelque temps il m'a causé beaucoup de peine et me donne de vives inquiétudes; cette nature emportée, opiniâtre et rebelle, a besoin d'une direction ferme, d'une rigoureuse discipline. Or, laissez-moi vous le dire, il vous connaît depuis trop longtemps, il est trop accoutumé à trouver en vous un ami plutôt qu'un maître, pour que vous soyez l'homme du moment. Il est temps qu'il apprenne à respecter une autorité trop méconnue; il faut qu'il ploie, je l'exige. »

Gabriel se leva.

« S'il en est ainsi, monsieur le marquis, je n'ai plus qu'à me retirer. André est-il prévenu ?

— Non, il ne se doute de rien. J'ai voulu le lui laisser ignorer le plus longtemps possible; car ce sera pour lui un chagrin très réel et très vif.

— Je le sais, je connais son cœur. Eh bien! monsieur le marquis, veuillez ne pas l'avertir et nous épargner à tous les deux une scène douloureuse. Je puis partir ce soir, quand il sera endormi, en lui laissant un mot d'adieu.

— Comme il vous plaira. Une voiture sera à votre disposition. Où comptez-vous vous rendre?

— A Poitiers. Je prendrai le train qui passe à onze heures.

— On vous conduira à la gare. Encore une fois, Monsieur, je vous regrette, je vous regrette infiniment. »

Le marquis était la loyauté même; pour rien au monde il ne se fût abaissé au mensonge, Gabriel le savait. Le coup ne venait pas de lui, il était porté par Antonine. Comment donc cet homme de fer se laissait-il ainsi pétrir par cette petite main?

Le jeune homme se le demanda; il fut même tenté d'ouvrir la bouche pour dire enfin le fond de sa pensée, pour éclairer le marquis sur les menées de cette femme et ses propres illusions. Ce ne fut qu'un éclair : à quoi bon une tentative qui ne pouvait que l'irriter? Gabriel salua et sortit.

Il lui fallut peu de temps pour faire ses bagages. A peine en les entassant eut-il une pensée pour lui-même, pour son avenir. Dans le portefeuille que lui avait donné le marquis se trouvait un certificat des plus élogieux; l'appui de la famille de Fontagues ne lui manquerait point, et, Dieu aidant, il trouverait sans doute un emploi de ses facultés. Il se dit ces choses en une minute, et toutes ses préoccupations restèrent concentrées sur André.

Il s'en ouvrit seulement à miss Jane, sa confidente habituelle. La bonne Irlandaise fut pétrifiée.

« Vous partez! répétait-elle, vous partez! Ce n'est pas possible.

— C'est positif, miss Jane. Ne vous avais-je pas dit : La marquise ne me pardonnera pas?

— Ah! mon Dieu! gémit l'institutrice; dois-je m'apprêter, moi aussi, au départ?

— Non, Miss, elle ne vous hait pas. Restez au château; tenez votre promesse à la marquise Blanche. Dieu m'est témoin que, si je manque à la mienne, la faute n'en est pas à moi. Vous êtes d'autant plus nécessaire à Courthenoy que le pauvre André y aura moins d'amis, et votre élève n'a jamais eu plus grand besoin de vos sages conseils. Du courage! ne prenez pas un air désolé qui donnerait quelque éveil à André.

— Ah! ce sera autre chose demain, quand il saura...

— Demain! eh bien, demain, je ne le verrai pas! » dit le jeune homme en détournant la tête.

Le reste de la journée fut très pénible pour lui; il aspirait au soir.

Après le dîner, il n'entra pas au salon; la soirée était tiède et étoilée; il erra au hasard dans le jardin avec André, qui avait obtenu la permission de l'accompagner. A neuf heures il monta à sa chambre; l'enfant se sépara de lui en lui souhaitant une bonne nuit. Gabriel demeura accoudé à sa fenêtre et rêvant jusqu'à ce que sa montre marquât dix heures un quart; alors il sortit sans bruit. En passant devant la chambre de son cher petit élève, il ne put résister à la tentation de le voir encore une fois; il tourna le bouton et s'approcha du lit. La tête blonde était à demi enfouie dans l'oreiller, une respiration calme et douce indiquait un paisible sommeil. Gabriel se baissa, mit un baiser sur le front d'André, posa une enveloppe près de lui et s'éloigna sans tourner la tête.

La voiture l'attendait, le cocher y mit le bagage du voyageur et fouetta ses chevaux, qui prirent une rapide allure.

Quand les premiers rayons du soleil, glissant sur le visage d'André, lui firent ouvrir les yeux, son regard rencontra un papier posé sur le bord de la table.

« Qu'est-ce que cela? dit-il. Une lettre! « André de Courthenoy; » c'est pour moi. On dirait l'écriture de mon bon ami; c'est drôle! »

La lettre était ouverte, il la lut d'un coup d'œil :

« Mon bien cher enfant, disait-elle, des circonstances indépendantes de ma volonté m'obligent à me séparer de vous. Je n'ai voulu ni affronter pour moi-même, ni vous voir subir les désolations des adieux; quand vous lirez ces lignes, je serai loin de vous. En vous quittant je vous fais une recommandation suprême : soyez soumis, soyez-le toujours; croyez que votre père ne veut, ne peut vouloir que votre bien; pensez à Dieu, aux avis que je vous ai donnés, aux bonnes résolutions que vous avez souvent prises.

« Adieu, mon cher petit André; restez courageux et fort, fort dans votre douleur, fort contre votre douleur. Le bon Dieu exige de nous bien des sacrifices, mais il nous en récompensera. Je n'ai pas besoin de vous dire, n'est-ce pas?

que je penserai toujours à vous, que je serai, de loin comme
de près,

> « Votre bon ami,

> > « GABRIEL DAVY.

« Courthenoy, le 3 juin 18... »

André avait achevé; il recommença, croyant avoir mal lu,
mal compris.

« Parti! lui, parti! »

Ce fut tout ce qu'il put dire d'abord, les yeux hagards,
la gorge serrée; puis, se levant tout à coup, il courut à la
chambre de son précepteur.

Elle était demeurée entr'ouverte. Le pauvre enfant put
voir la confirmation de son malheur: les papiers, les livres
appartenant à Gabriel Davy, deux photographies autrefois
suspendues à la muraille, avaient disparu. C'en était fait,
l'ami tendre et dévoué n'était plus là, il ne reviendrait pas.

André tomba sur une chaise, et, les larmes le gagnant, son
cœur trop plein se dégonfla. A mesure que la lucidité se faisait dans son cerveau, une pensée s'emparait de lui avec une
force croissante: quelle était la cause de ce départ subit?
Gabriel n'avait point de parents, point d'amis qui pussent le
réclamer; il n'était point parti de lui-même, on l'avait donc
renvoyé.

Le jeune garçon se redressa, les pleurs se séchèrent dans
ses yeux.

« Renvoyé! si c'était vrai... Oh! je saurai; je veux savoir!... »

Le marquis écrivait, quand la porte s'ouvrit brusquement
devant son fils.

« Que signifie...? commença-t-il.

— Papa, M. Gabriel est parti; le saviez-vous? »

Ce ton impérieux blessa le père.

« La façon dont vous posez cette question est singulière,
Monsieur.

— Vous le saviez? C'est donc vous qui l'avez renvoyé?

— Que vous importe? ai-je à vous rendre compte de mes
actes? »

Mais André ne l'entendait plus.

« Vous l'avez renvoyé, répéta-t-il d'une voix sourde et saccadée, parce qu'il m'aimait et que je l'aimais, parce que Mme de Courthenoy le détestait. Et l'on veut que je sois soumis! Non, non; il m'apaisait, lui; il me raisonnait, il me grondait; je l'écoutais toujours, il était si bon! Maintenant je me révolterai, je... »

Le marquis sonna et dit froidement à la Javelle :

« Cet enfant est fou à lier. Enferme-le dans sa chambre et veille sur lui. »

André était à bout de forces; il ne fit aucune résistance. Il ne fut point puni; son père, persistant à considérer la scène du matin comme un accès de démence, lui envoya demander s'il était assez calme pour descendre à la salle à manger, ou s'il préférait qu'on le servît dans sa chambre. André adopta ce dernier parti, ne pouvant se résoudre à se trouver face à face avec sa belle-mère. Lucienne et miss Jane le vinrent voir, s'efforçant en vain de le consoler; il les accueillit d'un air farouche et déclara qu'il voulait être seul.

Le lendemain cependant, un peu apaisé par le sommeil et se souvenant des menaces qu'il avait faites à son père, il lui écrivit pour lui en demander pardon.

« Vous aviez raison hier, le chagrin me rendait fou, disait-il en terminant; aujourd'hui je suis revenu à moi, et je vous supplie, mon bon père, de ne pas me refuser ma demande. Vous connaissez mon goût pour la carrière maritime, je n'aurai jamais d'autres désirs : envoyez-moi à l'école navale, ou, si cela est maintenant impossible, à une école préparatoire quelconque. Je promets de vous y faire honneur et de ne pas encourir, par ma faute, un seul reproche. J'attends avec impatience votre réponse, et, si elle m'est favorable, soyez assuré, cher papa, de l'ardente reconnaissance de

« Votre fils repentant,

« ANDRÉ. »

Le marquis répondit en quelques lignes concises. Il pardonnait volontiers à son fils; mais celui-ci était trop jeune pour aller à l'école navale, et il n'entrait pas dans les plans du père de le placer dans un collège; plus tard on verrait. En attendant, André devait se préparer à recevoir dans peu de temps un nouveau précepteur.

Cette lettre anéantit les espérances de l'enfant; il savait que son père ne revenait jamais sur ses déterminations. Il attendit, sombre et silencieux, le précepteur annoncé.

Celui-ci arriva quelques jours après. André, qui avait vu la voiture revenir de la gare, remarqua qu'on tardait beaucoup à le présenter à son maître; il questionna les domestiques, et apprit que le nouveau venu était en conférence avec la marquise. Enfin on l'appela à la salle d'étude.

Le marquis s'y trouvait avec le précepteur. C'était un petit jeune homme aux cheveux jaunes, ayant l'air parfaitement satisfait de lui-même et s'agitant perpétuellement, lui et son monocle, ce qui le faisait ressembler à un homme atteint de la danse de Saint-Guy. Le marquis semblait un peu impatienté de ce mouvement sans cause; il fit en deux mots la présentation obligée et se retira.

André savait déjà deux choses : son précepteur s'appelait Léopold Hardouin, et sa figure lui déplaisait. Il en apprit une troisième : M. Léopold était de tous points l'opposé de Gabriel Davy.

Aussi bruyant que Gabriel était paisible, aussi bavard que celui-ci était réservé, il professa dès le commencement une respectueuse admiration pour la marquise.

Les plaidoyers qu'il prononçait presque chaque jour dans la salle d'étude étaient aussi maladroits qu'intempestifs. Dans son enthousiasme, il secouait son monocle avec frénésie, ébouriffait ses cheveux jaunes, prenait un ton lyrique; un peu plus, il aurait bravement enfourché Pégase et célébré en vers alexandrins la bonté de la belle-mère envers son beau-fils, sa tendresse sans bornes, sa sollicitude de tous les instants. André, après avoir été tenté de s'en fâcher, s'en était amusé, tant le petit homme alors devenait grotesque; puis, ces dithyrambes se renouvelant d'une manière uniforme, le jeune garçon finit par ne plus les entendre; il restait rêveur et comme bercé par la voix monotone de l'orateur, si bien que ce dernier, ne le voyant plus remuer, s'interrompait pour lui dire aigrement :

« Je crois que vous dormez debout. »

En dépit de tout, les leçons se poursuivaient, et André, n'ayant d'autre ressource que l'étude, s'y livrait avec une infatigable ardeur. Léopold trouvait son élève presque trop

studieux; mais il savait se dédommager largement de la
contrainte des heures de travail près de ce garçonnet attentif
et taciturne qui, à part les réponses obligatoires, ne lui
parlait jamais. Le château s'animait, il y avait des hôtes
nombreux, et chaque jour amenait de nouveaux plaisirs.
M. Hardouin y prenait autant de part qu'il pouvait, chose
d'autant plus facile qu'il était le protégé de la marquise et
l'intime ami de Philippe, dont il déguisait la paresse et la
grossièreté avec une complaisance telle, que le jeune Claverel le traitait en camarade.

Il fallait les voir au sortir de la salle d'étude, riant, se
bousculant l'un l'autre avec un si étrange sans-gêne, que
les domestiques eux-mêmes en étaient choqués et comparaient
entre eux ce précepteur vulgaire et sans dignité à Gabriel
Davy.

Il est vrai qu'en présence du marquis cette familiarité
choquante cessait brusquement. Léopold réussissait à se
donner une tenue passable, Philippe Claverel lui témoignait
un semblant de déférence, sauf à reprendre, lorsqu'ils
seraient seuls, une tout autre attitude.

Ainsi se passa l'été, triste pour André, bruyant et joyeux
pour les autres.

Ce n'est pas que le marquis ne fût las de ce mode d'existence; il ne le supportait que par égard pour sa jeune femme,
encore refusait-il certaines concessions. Antonine n'avait pas
réussi à passer une saison aux bains de mer ou aux eaux.

Petit à petit, Courthenoy se vida de ses hôtes de passage;
les chaleurs s'en allaient, le ciel s'assombrissait; la marquise
errait d'un pas nonchalant dans les allées ombreuses de la
forêt; mais il n'était pas question de chasse comme l'année
précédente.

Un matin d'octobre, miss Jane entra chez Lucienne en
même temps que la Javelle pénétrait dans la chambre d'André,
et tous les deux prononcèrent cette phrase surprenante :

« Un petit frère vous est né cette nuit. »

XIV

Un frère! Ce mot sonna diversement à leurs oreilles.

Avec un sourire, Lucienne courut au nouveau-né. André demeura un moment stupéfait; puis, se rejetant en arrière, il s'écria durement :

« Le fils de la marquise n'est pas mon frère !

— Oh! monsieur André! hasarda la Javelle.

— Eh bien! quoi?

— C'est aussi le fils du colonel, » murmura bien bas le digne serviteur.

André ne répondit pas, et son visage conserva la même expression sombre et désolée.

« N'allez-vous pas le voir, Monsieur? le colonel le désire.

— Mon père l'a commandé, la Javelle?

— A peu près, Monsieur.

— C'est bien, j'y vais. »

La chambre du petit enfant s'emplissait à chaque minute de serviteurs curieux et affairés. La nourrice, robuste et fraîche paysanne, commençait à se fâcher contre cet envahissement, lorsque André entra. Il s'approcha du berceau couvert de satin rose et de dentelles, et considéra en silence la petite figure rouge qui se détachait sur la blancheur de son cadre.

« Il est pourtant mignon, le cher innocent, dit le bon la Javelle, qui s'était glissé, à la suite de son jeune maître, près du berceau. Ne l'embrassez-vous pas, Monsieur? »

Le jeune garçon se tut, mais tressaillit; cette parole répondait à sa pensée intime; quelque chose s'éveillait au fond

de son cœur, non plus le sentiment de peine et de jalouse amertume qu'il avait ressenti d'abord, mais une sorte de sympathie
pour cet enfant, un Courthenoy comme lui, fils du même père.

La nourrice, après avoir renvoyé les domestiques, tournait
elle-même le dos au berceau. André et la Javelle étaient seuls.
André hésita, puis se baissa lentement, et ses lèvres effleu-
rèrent le front du petit enfant dans un premier baiser fraternel.

En ce moment le marquis se montrait sur le seuil; son
regard s'éclaira d'un rayonnement intense. Il marcha vers
André, et, prenant à deux mains sa tête bouclée, il l'embrassa avec effusion.

Oh! qu'il y avait longtemps que le pauvre enfant n'avait
été embrassé ainsi! Son cœur se gonfla; il se jeta dans les
bras du marquis et se pressa sur sa poitrine en pleurant.

Le père ne demanda pas la cause de ses larmes, il se con-
tenta d'y répondre par un autre baiser, et André, souriant
au petit frère, dit d'un ton joyeusement ému :

« Comment s'appellera-t-il, papa?

— Raymond, comme mon père. C'est, de même que celui
d'André, un nom ancien dans notre famille. »

Ici le marquis s'arrêta, regarda son fils, et, après quelque
hésitation :

« Serais-tu content d'être son parrain?

— Oui, père, très content, » lui fut-il répondu.

C'était vrai, André avait le cœur en joie; il bénissait ce
petit frère qui lui valait le retour de la tendresse paternelle;
il se sentait prêt à l'aimer, à le protéger. A peine se souvenait-
il que c'était le fils de sa belle-mère, de celle qui, depuis
un an, était pour lui une ennemie; son âme se dilatait, il
avait envie de chanter, de répandre son bonheur.

Il tomba comme une bombe chez Mˡˡᵉ Solange, qui, depuis
son lever, commentait l'événement avec Joséphine et s'in-
quiétait pour André.

« Vous savez, tante, j'ai un frère! dit-il en sautant au
cou de la vieille demoiselle.

—. Ah! cela te fait plaisir? balbutia-t-elle, interdite à la
manifestation d'une joie à laquelle elle était loin de s'attendre.

— Je suis heureux, chère tante, bien heureux. Papa m'a
embrassé de bon cœur, il m'aime; il m'a presque promis que
je serai parrain. »

Mlle de Valfrède joignit les mains :

« Dieu soit béni! fit-elle avec ferveur, ce petit enfant sera le trait d'union désiré, l'ange de la paix. »

Ce thème nouveau et joyeux, la bonne tante le reprit avec Joséphine après le départ d'André.

· « Voyez-vous, ma bonne, le bon Dieu a ses vues que nous ne saisissons pas, nous autres pauvres humains. Nous nous

Il embrassa André avec effusion.

plongions dans l'anxiété à propos de cette naissance, nous nous formions mille chimères, et voilà que la Providence se sert justement de l'incident qui nous causait tant d'angoisses pour établir la pacification. »

Joséphine hocha la tête.

« Hum! hum! Mademoiselle, nous n'en sommes peut-être pas encore là. Qu'y a-t-il de nouveau, après tout?

— La joie d'André. La comptez-vous pour rien, Joséphine?

— Dieu m'en garde, Mademoiselle! le pauvre mignon u'en

a pas si souvent! Seulement ça ne me paraît pas si beau tout
de suite; M. le marquis a été plus affectueux pour lui, voilà
ce qui le rend heureux. Mais la belle-mère, Mademoiselle,
la belle-mère?

— La belle-mère est une mère à présent; elle aimera son
enfant, et rien n'agrandit le cœur comme le sentiment maternel; en songeant à son fils, elle se dira immanquablement qu'ils
sont à plaindre ceux qui ne jouissent plus de cette tendresse.

— Ainsi soit-il, Mademoiselle. Je le dis de grand cœur; mais...
je ferai comme saint Thomas, je croirai quand j'aurai vu.

— Incrédule! Moi je crois d'avance, et vous verrez que
j'ai raison. La jeune marquise comprendra mieux désormais
les devoirs qui lui sont imposés; cet enfant sera le lien entre
tous les cœurs. J'aime surtout cette idée du parrainage;
André chérira son filleul, et gagnera de la sorte le cœur de
sa belle-mère. »

Joséphine ne répondit que par deux « Hum! hum! » qui
n'annonçaient pas une foi absolue aux heureuses prédictions
de sa maîtresse.

Le cours des choses sembla cependant vouloir les confir-
mer. André ne manquait pas, aux récréations, de visiter son
petit frère; souvent il se rencontrait avec son père, et celui-ci
lui témoignait une confiance et une affection inaccoutumée.
On ne parlait pas du parrainage, l'époque du baptême
n'étant pas déterminée.

Au bout de quinze jours, le marquis crut qu'il était temps
de fixer le jour, et en parla à Antonine.

« Oh! nous pouvons attendre encore, fit observer la jeune
femme d'un ton languissant.

— Jamais on a tant tardé chez nous, répliqua le marquis.
Je l'ai fait pour vous être agréable, chère amie; mais il est
urgent de s'en occuper dès maintenant.

— Attendez au moins à la semaine prochaine, Hugues.

— Soit, si cela vous agrée. Il s'agit de décider le choix du
parrain et de la marraine; je vous avouerai que je les tiens
tout prêts.

— Moi aussi; il serait curieux que nous nous fussions
rencontrés.

— Cela pourrait être, nous n'avons ni proches parents, ni
amis très intimes. Voyons votre idée, ma chère.

— Elle est toute simple : la marraine serait Lucienne ; il me semble que ce choix est indiqué.

— Certainement. Et le parrain ?

— Philippe ; je le lui ai promis depuis longtemps. »

Le marquis fit un geste de contrariété.

« Est-ce que cela vous fâche, Hugues ? Avez-vous quelque grief contre mon frère ?

— Pas le moindre ; mais j'avais songé à un autre, à André. Je lui en ai parlé.

— André ! ah ! mon Dieu ! je vous en supplie, mon ami, ne faites pas d'André le parrain de notre enfant, cela lui porterait malheur.

— Antonine !

— Pardonnez-moi, je vous offense peut-être ; ce n'est pas ma faute, je ne puis m'en défendre. André me déteste, il détestera son frère, et vous voudriez...

— Antonine, vous êtes injuste envers lui.

— Injuste ! Jamais encore vous ne m'aviez adressé un tel reproche. Injuste ! Est-ce moi qui l'ai mal accueilli dès mon entrée au château ? est-ce moi qui lui ai dit des duretés ? Quand vous l'avez puni, n'ai-je pas constamment essayé d'adoucir votre sentence ? Ah ! je ne croyais pas... »

Elle fondit en larmes. Le marquis lui prit cordialement les mains.

« Je ne vous fais pas de reproches, Antonine ; vous m'avez mal compris. J'ai voulu dire que vous vous trompez : André aime son frère, il le caresse ; c'eût été un rapprochement :

— Vous le croyez, mon ami ; moi, je ne puis le croire. C'est un enfantillage peut-être, mais cédez à cet enfantillage pour une fois, consentez à ce que Philippe soit le parrain de notre fils. C'est son droit d'ailleurs, il est mon unique frère. »

Le marquis marchait à grands pas ; il s'arrêta près de sa femme.

« Je cède, dit-il, parce que votre faiblesse réclame des ménagements. Par bonheur, je n'ai point fait à André une promesse décisive, car je ne la retirerais pas. »

Lucienne annonça le lendemain à son frère la décision prise au sujet du baptême.

« Philippe parrain ! dit André, qui pâlit tout à coup.

— Sans doute, c'est son droit, dit maman. Qu'as-tu donc?
es-tu jaloux?

— Jaloux! fit le jeune garçon en reculant avec un rire sac-
cadé; voilà une idée! »

Mais aussitôt que sa sœur l'eut quitté, il s'enferma dans
sa chambre pour pleurer à sanglots.

« C'est elle, répétait-il, c'est encore elle, ce sera toujours
elle! Elle m'enlèvera tout plaisir, tout bonheur... Oh! je la
hais! je la hais! »

Hélas! Gabriel n'était plus là pour recevoir le trop-plein
de ce cœur soulevé, pour mettre une digue à ce déborde-
ment de colère. André n'aurait voulu voir personne : il fuyait
Lucienne, il fuyait miss Jane, il ne montait plus chez tante
Solange.

La nourrice, qui promenait le petit Raymond, l'ayant ren-
contré, le lui tendit en riant. Au lieu d'embrasser son frère,
André recula et s'enfuit. Cette scène avait eu un témoin,
Estelle, la femme de chambre d'Antonine. Le marquis ne
tarda pas à en être informé. Du reste, il ne trouvait plus
André près du berceau de Raymond. Comme tous les caractères entiers, au lieu de voir dans la conduite de son fils le
résultat de sa propre faiblesse envers la marquise, il s'irrita
et témoigna à l'enfant une nouvelle rigueur.

Le baptême eut lieu à l'époque marquée avec une splen-
deur telle, que l'orgueil d'Antonine put être satisfait. Tous
les fronts étaient joyeux; seul André se tenait à l'écart, muet
et sombre. Nul n'y prit garde. Dans ce grand château, qui
donc s'intéressait à lui? les humbles, les faibles, ceux qui
n'avaient aucune influence, qui ne pouvaient rien : Mlle Solange, miss Jane, la Javelle et Claude.

Lucienne s'occupait peu de son frère, mais beaucoup de
l'hiver qui accourait.

Comme elle exprimait un jour à la marquise la crainte
qu'il ne fût moins animé que le précédent.

« Y pensez-vous, mignonne? se récria Antonine. Ce n'est
pas notre cher petit Raymond qui nous empêchera de jouir
des plaisirs de la saison; Dieu merci, sa nourrice lui est
seule nécessaire. Quant à moi, qui suis un peu nerveuse, j'ai
besoin de distractions. Soyez tranquille, nous n'aurons pas
à nous plaindre. »

XV

« Ma carabine est excellente, vous dis-je.

— Pas mauvaise ; moins bonne que mon Remington, toutefois ; avec lui on est sûr de son coup.

— Pourvu qu'on vise bien, farceur. »

Un éclat de rire de M Léopold Hardouin répondit à cette saillie peu respectueuse de Philippe.

Ils étaient dans la longue avenue qui conduit à la forêt. En cet endroit le marquis avait fait placer une cible, et, depuis le matin (c'était le jeudi), Philippe et André s'étaient rendus là pour s'y exercer au tir. Léopold les accompagnait et avait engagé avec le jeune Claverel une discussion sur la portée de leurs armes respectives.

Las de les voir jouer et se disputer, André s'éloigna du côté de la forêt ; il ne s'arrêta que lorsqu'il fut assez loin pour ne plus les entendre, jeta sa carabine au pied d'un arbre et se coucha sur la mousse.

Il n'y était pas seul ; une levrette au regard caressant, sa favorite, vint s'étendre à côté de lui et passa sous la main de son jeune maître sa tête fine et gracieuse.

« Tu me suis, Phyllis? tu ne restes pas avec eux? dit André en caressant le joli animal. Pauvre bête ! plus fidèle que bien des hommes ! »

Il joua quelques instants avec la chienne ; puis, appuyant sa tête sur son bras arrondi, il regarda le ciel bleu et se perdit dans la rêverie.

A quoi songeait-il ainsi? A sa mère disparue, à son père, si sévère et si dur, à sa tante de Fontagues, à Gabriel Davy, ses amis éloignés.

Il faisait froid pourtant; on était aux derniers jours de janvier, une bise âpre passait dans les branches dépouillées; et la levrette frileuse, se levant bientôt, chercha par ses frôlements et ses bonds à faire partir son maître. N'y réussissant pas, elle revint vers le château.

Léopold et Philippe continuaient à se quereller dans l'avenue.

« Gageons qu'à cette distance vous n'atteindrez pas le but, cria le jeune garçon, entraînant le précepteur par le bras.

— A cette distance, c'est un jeu pour moi, répondit ce dernier. Attention, vous allez voir. »

Il arma et visa avec un soin minutieux; une poussée de Philippe fit dévier l'arme, et le plomb alla se loger dans un tronc d'arbre voisin.

« Ceci n'est pas franc, vous m'avez fait manquer; je recommence, s'écria Léopold.

— Pas du tout, c'est à mon tour, répliqua Philippe avec un rire moqueur. Éloignez-vous, laissez-moi tirer à mon aise. »

Il épaula et fit feu; mais au même instant tous les deux laissèrent échapper une exclamation de terreur.

Afin de ne pas être en reste avec son élève, M. Hardouin l'avait poussé brusquement; en ce moment la levrette traversait l'avenue; la charge la frappa droit à la tête, elle tomba.

Philippe et Léopold s'élancèrent, mais ils virent d'un coup d'œil que tout secours était inutile : la cervelle avait été atteinte, la pauvre bête était morte du coup.

L'élève et le précepteur se regardèrent d'un air consterné; puis Philippe dit avec colère :

« Voilà une jolie affaire, à présent ! Que ferons-nous? que dirons-nous? Le marquis aimait beaucoup Phyllis, il va être furieux. Tant pis pour vous ! c'est vous qui en êtes la cause.

— Ce n'est pas moi qui ai tiré, cria Léopold, devenu tout pâle.

— Non, mais vous m'avez fait manquer.

— Vous en aviez fait autant auparavant.

— Ce n'était pas une raison. Pour ma part, je vous accu-

serai, je vous en avertis; car je n'ai pas envie d'essuyer à
moi seul le courroux du marquis.

— Philippe, pas de plaisanteries, balbutia Léopold tremblant. Savez-vous que ça ne m'amuserait pas...?

— De sortir du château? acheva le jeune garçon. Parbleu!
je n'en doute point. »

Il s'arrêta et réfléchit un instant; cela ne l'eût pas amusé
non plus. Où trouverait-il jamais un précepteur aussi com-
plaisant, aussi bon enfant que ce Léopold, qui ne lui demandait ni travail ni soumission?

« Il y aurait peut-être un moyen de nous disculper tous
deux, dit-il; nous verrons à l'employer s'il en est besoin.
Pour le moment, ôtons la chienne de ce lieu-ci et jetons-la
dans les fossés du château.

— Elle sera mal cachée là, fit observer M. Hardouin d'une
voix troublée; il vaudrait mieux la porter à la rivière. »

Philippe haussa les épaules.

« Vous imaginez-vous qu'on ne s'apercevra pas de sa dis-
parition? D'ailleurs, le Clain est trop à découvert, nous serions
vus. Qui sait si André va tarder à revenir? Vite, au fossé! »

Joignant le geste à la parole, il prit les pattes de devant
de la pauvre Phyllis; Léopold se chargea des pattes de derrière, et ils se dirigèrent rapidement vers le fossé, tout
proche d'ailleurs. La chienne y fut jetée sur un tas de feuilles
sèches; puis ils se hâtèrent de faire disparaître les traces de
sang restées dans l'avenue et rentrèrent à Courthenoy.

« Où allez-vous? demanda Léopold, voyant Philippe se
diriger vers l'appartement de la marquise.

— Chez ma sœur. Si quelqu'un peut arranger notre
affaire, c'est bien elle.

— Oui, oui, vous avez raison; Mme la marquise arrangera
cela. Elle est si bonne! »

Philippe trouva Antonine fort empressée; il y avait le lendemain une fête à Courthenoy, et la jeune femme donnait
ses ordres à plusieurs domestiques. Sur un signe de son
frère, elle les renvoya et écouta sans mot dire le récit qu'il
lui fit.

« Mon Dieu! dit-elle lorsqu'il eut achevé, que de sottises
vous faites à vous deux, mon pauvre Philippe! Ce jeune
homme est impatientant, à la fin; je me lasserai de le pro-

téger. Il est vrai que d'un côté il est précieux, très précieux.

— Tu peux le dire. Souviens-toi du Davy, qui était si insupportable.

— Sans doute; puis c'est moi qui l'ai choisi, et je tiens à le soutenir. Voyons, il s'agit de vous faire paraître blancs comme neige; c'est fort difficile.

— Pas trop, dit effrontément Philippe; tu sais qu'André était avec nous.

— Il vous a vus faire? Oh! alors...

— Mais non; tu n'as donc pas entendu? il s'en était allé depuis un moment, et...

— Bon! je me souviens; je vois où tu veux en venir; mais c'est un jeu dangereux, sais-tu? S'il t'accusait...

— Il ne le fera pas, il n'a pas vu; d'ailleurs, il dédaigne de se défendre.

— Oui, il affecte des airs de magnanimité. Eh bien! fais la leçon à M. Hardouin, je me charge du reste.

— Ma foi, non, il faut que tu lui parles toi-même; il ne me comprendrait pas, il n'oserait pas; au lieu qu'avec toi... Ce n'est pas sa faute s'il est un peu niais, le pauvre garçon. »

Là-dessus Philippe, poussant un éclat de rire, alla prier le précepteur de se rendre chez la marquise.

« Vous avez fait un vilain coup, monsieur Hardouin, lui dit Antonine tout en rétablissant la symétrie dans les frisons de sa coiffure. Vous savez combien le marquis tient à ses chiens; il affectionnait particulièrement cette levrette; je ne vous cache pas qu'il va s'emporter contre vous, et vraiment je crains son premier mouvement de fureur.

— Hélas! madame la marquise, ç'a été bien involontaire, murmura Léopold avec consternation.

— Je n'en doute pas; mais en sera-t-il de même du marquis? Il va sans dire que mon frère n'est pas en cause; vous sentez que l'orage éclatera sur vous.

— Pourtant Philippe...

— Philippe est votre élève, Monsieur; vous avez autorité sur lui, vous ne devez pas jouer avec lui : il y va de votre dignité; cette circonstance divulguée ne ferait qu'aggraver les choses, et mettre positivement le marquis hors de lui. »

Et comme le malheureux la considérait, ahuri :

« Allons, je veux tâcher de détourner la tempête, dit-elle

au bout d'un moment. Il y a un moyen ; reste à savoir si vous voudrez l'employer.

— Oh ! parlez, madame la marquise ; dites ce moyen, s'écria le précepteur en relevant la tête avec espoir. Je suis prêt à tout, à tout.

— Fort bien. Ce n'est pas difficile : il faut seulement laisser tomber l'accusation sur André.

Ils virent d'un coup d'œil que tout secours était inutile.

— Sur André ?

— Certes. N'était-il pas avec vous ? N'avait-il pas sa carabine ? N'a-t-il pu tuer la chienne par étourderie, par maladresse ?

— Mais, Madame, ce n'est pas lui ; c'est...

— C'est vous, interrompit la marquise avec impatience. Eh bien, dites-le tout simplement ; allez de ce pas en aviser le marquis. Par exemple, je ne réponds pas que vous couchiez ce soir à Courthenoy.

— Madame...

— Au lieu que pour André il ne s'agit que d'une gronderie, d'une légère punition tout au plus, et Dieu sait s'il en prend souci. Après tout, ceci vous regarde, et je suis bonne de m'interposer dans une affaire qui ne me touche nullement. Je trouverai assez d'autres précepteurs pour mon beau-fils.

— Cependant, accuser un enfant, un innocent, c'est... c'est bien mal, » balbutia tout frissonnant Léopold Hardouin.

Antonine fit sonner un rire argentin.

« Il ne manquait plus que cela, dit-elle, faire parade de sentiments chevaleresques ! A votre aise maintenant, il adviendra ce qu'il pourra ; votre rare mérite ne peut manquer de vous faire trouver un emploi ; vous auriez tort de vouloir rester au château. Au revoir, Monsieur, je ne vous retiens plus. »

Elle lui tourna le dos ; mais il ne bougea point. Atterré par l'intonation railleuse dont la marquise avait prononcé ces dernières paroles, sentant qu'il perdait toute ressource en perdant cette place honorable et lucrative, il ne pouvait se résoudre à abandonner la partie.

Voyant qu'Antonine ne parlait plus, il hasarda timidement :

« N'y aurait-il pas un autre moyen, Madame ? »

Elle fit volte-face.

« Comment ! vous n'êtes pas parti ! Non, je ne connais pas d'autre moyen que celui qui cause vos scrupules, à moins que vous ne réussissiez à persuader au marquis que Phyllis s'est tuée elle-même. »

Le malheureux courba le front, puis balbutia lâchement :

« S'il en est ainsi, madame la marquise, j'accepte... le moyen... ; mais faites que je ne sois pas obligé de parler, d'accuser...

— J'y tâcherai, » répondit-elle d'un ton léger.

Elle fit un signe de congé, et Léopold se retira.

André était revenu de la forêt sans se douter de l'accident qui avait coûté la vie à Phyllis. Triste et désœuvré comme toujours, il prit le chemin de sa chambre ; en traversant le jardin, il dit un amical bonjour à Claude et se détourna pour éviter la rencontre du petit Raymond, que la nourrice promenait dans sa voiture. Le bébé, chaudement enveloppé

dans sa pelisse de satin bleu fourrée d'hermine, poussait une
série de cris joyeux et de gazouillements inintelligibles qui,
bon gré, mal gré, attiraient l'attention de son frère. Sans
doute la nourrice se rappela tout à coup avoir oublié quelque
chose, car elle laissa là le léger équipage et rentra en
courant. Alors André n'y résista plus ; se rapprochant de
Raymond, il l'embrassa rapidement, puis se sauva à toutes
jambes comme s'il eût fait une mauvaise action.

Cela lui arrivait ainsi parfois, quand par hasard il se
trouvait seul avec le petit frère ; celui-ci l'attirait comme la
marquise le repoussait.

Rentré chez lui, il prit un livre, mais ne lut pas ; il saisit
un crayon et essaya de dessiner pour tromper son ennui ;
bientôt le crayon échappa à ses doigts, et André se plongea
de nouveau dans un songe mélancolique.

Pendant qu'il rêvait de la sorte, la Javelle frappait à la
porte du marquis.

« Qu'y a-t-il ? questionna celui-ci en apercevant la figure
bouleversée de l'honnête serviteur.

— Mon colonel, c'est... Phyllis.

— Eh bien, Phyllis ?

— Mon colonel, elle est morte.

— Morte ? répéta le marquis en regardant son valet de
chambre avec un grand point d'interrogation.

— Oui, mon colonel. Je l'ai trouvée dans le fossé, du côté
de l'ouest, couchée sur des feuilles ; j'ai mis une échelle pour
aller la chercher ; ce n'est pas de sa mort naturelle qu'elle
est morte, la pauvre petite bête : on l'a tuée, elle est blessée
à la tête. »

Le visage du marquis devint sombre.

« Apporte-la-moi, » commanda-t-il.

Il examina la blessure de la levrette et dit brusquement :

« Le fusil n'était chargé qu'avec du plomb. N'ai-je pas
entendu tirer ce matin près du château ?

— M. André et M. Philippe sont allés s'exercer dans
l'avenue ; je les ai vus partir avec leurs carabines.

— Qui les accompagnait ?

— M. Hardouin, je pense, mon colonel.

— C'est bien. Laisse ici le cadavre de Phyllis et amène-
moi M. André et M. Philippe. »

La Javelle s'éclipsa et revint quelques instants après avec les jeunes garçons.

Le marquis leur désigna du doigt la chienne ; Philippe baissa les yeux d'un air contraint, André s'élança vers l'animal en jetant un cri.

« Phyllis est morte ! Est-ce possible ! Qui l'a tuée ? » s'écria-t-il avec vivacité ; mais le marquis remarqua le regard de surprise que Philippe laissa, comme à la dérobée, tomber sur son fils.

« On l'a trouvée dans la partie du fossé qui touche à la forêt ; or vous êtes allés tous les deux tirer dans l'avenue. Lequel de vous l'a tuée ? » prononça sévèrement le marquis.

André regarda son père en face.

« Ce n'est pas moi, papa, dit-il.

— Ce n'est pas moi, » articula Philippe avec audace.

Le front du marquis s'empourpra.

« Ce n'est ni l'un ni l'autre. Qui est-ce donc qui l'a tuée ? » fit-il.

Personne ne répondit. André avait dit une fois : « Ce n'est pas moi, » sa fierté lui interdisait de se défendre davantage. Philippe lui lançait en dessous des regards qu'il ne voyait pas.

Le marquis s'irrita de ce silence.

« Je pose nettement la question, reprit-il, et j'entends qu'on me réponde. André, as-tu tué la chienne ?

— Je vous ai déjà dit que non, papa.

— C'est donc Philippe ?

— Je n'en sais rien.

— Philippe, c'est toi ?

— C'est André, dit le jeune garçon à voix basse.

— Moi ! » s'écria André.

Il le regarda avec mépris et se détourna.

« André ! répéta le marquis avec une colère douloureuse. Mon fils serait un menteur !

— Un menteur, papa ! Non, non, je n'ai jamais menti ; ne doutez pas de moi. M. Hardouin était avec nous, interrogez M. Hardouin.

— Oui, interrogez-le, » dit le jeune Claverel d'un ton plein d'assurance.

Cette scène commençait à exaspérer le marquis. Il donna brièvement à la Javelle l'ordre d'aller chercher le précepteur, et, en l'attendant, se mit, selon son habitude, à marcher à grands pas. Quand Léopold se présenta, il fixa sur lui des yeux flamboyants.

« Un mot, Monsieur, fit-il avec violence, que je sache lequel de vos élèves ment avec une audace sans exemple ! Qui a tué cet animal ? »

Et comme Léopold se taisait, effaré, le marquis reprit avec plus d'emportement encore :

« Vous étiez dans l'avenue, vous le savez. Un nom seulement, un nom : Philippe, ou André ? »

Léopold fit un effort pour parler :

« André, » dit-il d'une voix faible comme un souffle.

Mais le marquis avait entendu. Il recula d'un pas, et ses traits devinrent livides.

« Menteur ! fit-il. Jamais, jusqu'à ce jour, un Courthenoy n'avait menti.

— Et, s'il plaît à Dieu, jamais un Courthenoy ne mentira, mon père, s'écria André, qui, paralysé d'abord par la stupeur, retrouva soudain la parole. Oh ! croyez-moi, je n'ai pas tué Phyllis, je dis la vérité.

— Taisez-vous, Monsieur. Comment osez-vous le répéter encore ? Je vous connaissais bien des défauts, mais non ce vice odieux. La Javelle !

— Mon colonel !

— Conduis-le à la tour. Entendez-moi, Monsieur ; je rougis de vous nommer mon fils, je ne veux plus vous voir avant que d'avoir obtenu un aveu entier et sans réticences. Vous ne sortirez pas de votre prison, même pour la nuit. Afin que vous ne soyez pas seul, un domestique couchera en bas ; vous l'appellerez si vous avez besoin de ses services. Au cas où vous désireriez votre liberté, vous aurez de l'encre et du papier ; vous pourrez m'écrire la confession que j'exige. Ne me parlez pas maintenant. Allez ; vous avez besoin de réflexion et de repentir. »

André avait fait un pas vers son père. A ces derniers mots il recula et marcha vers la porte ; là il se retourna, suppliant le marquis du regard ; ce dernier affecta de ne pas le remarquer. Sur le visage du jeune garçon passa une expression étrange : colère, amour, fierté blessée, douleur et adieu. Il sortit alors d'un pas ferme.

Lorsque le pauvre la Javelle, fidèle à son rôle de geôlier, l'eut installé dans sa prison, André le retint.

« Veux-tu me faire une commission ? dit-il d'un accent extraordinairement calme.

— Laquelle, monsieur André ?

— Sois tranquille, elle n'est pas contraire à ta consigne. On t'a commandé de m'enfermer, mais non de ne pas me rendre un service. Il s'agit de porter un mot à Claude et de m'apporter la réponse. Surtout garde-moi le secret. »

La Javelle se gratta l'oreille.

« Je ne sais pas si je dois faire ça, dit-il. Enfin tant pis ! du moment que mon colonel ne me l'a pas défendu... Donnez-moi votre mot, Monsieur.

— Attends une minute. »

Il se mit à la table et griffonna :

« Je suis prisonnier, Claude, et j'ai besoin de te voir. Tâche de venir dans la journée, ou mieux ce soir, au pied de la tour ; tu siffleras l'air : *Au clair de la lune,* et je comprendrai que tu es là. Donne une réponse écrite à la Javelle ; il ne sait pas lire et il est discret.

« ANDRÉ. »

Le jeune garçon remit son billet au brave serviteur. Quelques instants plus tard il tenait la réponse, écrite au crayon et en hâte au verso de sa propre missive :

« Comptez sur moi, Monsieur ; je suis toujours

« Votre CLAUDE. »

XVI

Il faisait nuit. André avait compté sept coups à la grosse horloge du château ; et maintenant, rapproché de la meurtrière, il écoutait, anxieux, les bruits du vent qui gémissait au dehors sur un mode lugubre, et des souris qui, au dedans, rongeaient en paix la tapisserie et parfois glissaient, vives comme des flèches, devant le bahut à demi disloqué et jusque sous l'escabeau du jeune garçon. Quelle que fût sa vaillance, il se sentait oppressé par ce silence et cet abandon ; il tresssaillait malgré lui en entendant craquer les meubles vermoulus ou crier les oiseaux de nuit, qui faisaient leurs nids dans les pierres.

Pour la première fois il se trouvait à cette heure en ce lieu inhabité ; le domestique qui devait coucher à la tour viendrait plus tard. André attendait impatiemment le signal de Claude ; il avait tout disposé d'avance : la meurtrière était ouverte, en dépit du froid très piquant ; la table, surmontée d'une escabelle, était prête à le recevoir.

Enfin l'oreille tendue de l'adolescent perçut le signal désiré ; au bas du vieil édifice, quelqu'un sifflait timidement l'air : *Au clair de la lune.*

André bondit sur l'escabelle :

« C'est toi, Claude ? interrogea-t-il.

— C'est moi, monsieur André. J'avais bien peur que vous n'entendissiez pas, pourtant je n'osais pas siffler très haut, parce qu'on pourrait nous écouter.

— Tu plaisantes; les chouettes et les hiboux seuls nous tiennent compagnie, et s'ils entendent, ils ne répètent point. Maintenant écoute-moi, tu vas tout apprendre en deux mots. Je suis puni, Claude, et puni sans l'avoir mérité, pour une faute que je n'ai pas commise; je le suis pour toujours, puisque mon père exige de moi un aveu que je ne puis lui faire. Il m'a appelé menteur, il ne m'aime plus. Je ne veux pas rester ici; je me sauverai, et il faut que tu m'aides.

— Que je vous aide, Monsieur!

— Oui; ce ne sera pas difficile. Demain il y a au château un grand dîner et une soirée; tous les domestiques seront occupés, et personne ne pensera à moi. Tu viendras vers dix heures et demie, alors que les convives seront à peu près tous arrivés. Il n'y a pas de lune, et d'ailleurs nous sommes à l'opposé du pont. Tu apporteras une corde longue et solide; je l'attacherai à un anneau de fer qui est là, près de ma fenêtre, et je descendrai. Une fois dehors, je trouverai bien le moyen de sortir de Courthenoy.

— Monsieur, ah! Monsieur, vous vous tuerez.

— Il n'y a pas de danger, je sais parfaitement grimper et descendre le long d'une corde.

— Et... où irez-vous, Monsieur?

— Ne t'inquiète pas, mon plan est fait. Je veux être marin, tu le sais; eh bien, j'irai à la Rochelle et je m'engagerai comme mousse.

— Mousse! vous, monsieur André!... C'est impossible.

— Il n'y a pas de déshonneur à être mousse, entends-tu? Au moins je ne serai pas prisonnier.

— Et votre père? Oh! vous n'y pensez pas sérieusement. Quoi! vous pourriez partir ainsi, laissant M. le marquis dans l'inquiétude et la peine! Croyez-moi, monsieur André, il vous aime toujours, quoiqu'il soit sévère; c'est dans sa nature; mais un père ne peut pas s'empêcher d'aimer son enfant. J'en suis sûr, vous lui causeriez une grande douleur, et vous, après, vous vous en repentiriez; mais il serait trop tard. Ne faites pas ça, Monsieur, attendez; M. le marquis finira par connaître que vous êtes innocent. »

André fronça le sourcil:

« Il fallait dire tout de suite que tu ne veux pas, au lieu de me faire un sermon, dit-il d'une voix sombre; tu as peur de te compromettre, je le comprends. Va donc, je ne te demande plus rien, excepté de ne pas me trahir; je trouverai le moyen de me sauver seul. »

Un sanglot de Claude l'interrompit.

« Oh ! c'est mal, cela, monsieur André, balbutia le pauvre enfant, c'est mal de m'accuser de penser à moi. Je ferai ce que vous voudrez, j'apporterai la corde, je vous aiderai.

— Merci, dit André d'un ton amical ; tu es un ami vrai, mon Claude. Ne t'attarde pas. A demain.

— A demain, » répéta le garçon avec tristesse.

Il s'en alla en courant, et André dégringola de sa haute position après avoir fermé la fenêtre.

A neuf heures, il entendit la lourde porte de la tour rouler sur ses gonds ; le domestique venait se coucher. Il monta au premier étage, et demanda sans ouvrir :

« Avez-vous besoin de quelque chose, Monsieur ?

— Non, » répondit le fils du marquis.

Il se décida alors à user du lit de la marquise Béatrice, et il put constater que les grandes dames d'autrefois n'étaient pas douillettes, car cette couche eût remplacé, à peu de chose près, celle d'un cénobite.

Il s'endormit néanmoins sur ce lit si dur ; mais son sommeil ne lui amena point de doux songes. Les aventures du jour précédent et les projets du lendemain se mêlèrent dans son cerveau ; il vit Antonine, armée d'un fusil de deux mètres, tirer sur Phyllis. Il voulut se jeter au-devant de la chienne, mais il s'aperçut alors qu'il était suspendu par les pieds à une corde attachée au sommet de la tour ; il essaya de crier, d'appeler au secours, sa gorge lui refusa tout service, et, pour comble de malheur, il sentait que ses pieds ne serraient plus le câble. Soudain il lâcha prise et tomba en jetant un cri. Cette frayeur le réveilla ; il fut un moment à rassembler ses idées et à se persuader qu'il était dans son lit, et non sur le pavé de la cour.

Il demeura éveillé le reste de la nuit, et fut soulagé en voyant les rayons matinals éclairer les petits losanges plombés de la fenêtre.

Il se leva, fit sa prière, et passa la matinée en réflexions ; dans l'après-midi il prit une feuille, et écrivit à son père. Cette lettre lui coûta bien des peines, car il la déchira et la recommença à plusieurs reprises, s'arrêtant à chaque ligne pour essuyer ses joues ruisselantes de pleurs. Enfin il la relut, la cacheta et mit l'adresse.

Quand la Javelle lui apporta son souper, il la lui remit en disant :

« Voici pour mon père; mais ne la lui donne que demain au déjeuner. Tu m'entends ?

— Oui, Monsieur, n'ayez pas de crainte.

— Et puis, écoute. Vous aurez beaucoup de besogne cette nuit, tu seras fatigué; je ne veux pas que tu viennes de bonne heure à la tour, ce sera assez tôt à midi.

— Et votre premier déjeuner, Monsieur ?

— J'ai là du fromage et de la confiture; j'aurai du pain de reste, et je ne tiens pas au chocolat; tu me contrarierais si tu venais me l'apporter.

— Je ne viendrai pas, monsieur André, puisque c'est comme ça. Pourtant ce n'est pas une grande fatigue. »

La Javelle fit un pas pour sortir, le jeune garçon le rappela.

« Un mot, mon ami : crois-tu, toi aussi, que j'aie tué Phyllis ?

— Pour ça non, Monsieur. Si vous l'aviez tuée, vous l'auriez avoué tout de suite.

— Bien, la Javelle. Par conséquent, tu ne penses pas que je doive me reconnaître coupable ?

— Ce n'est pas possible, puisque ce serait mentir.

— Je te remercie, tu es comme moi. Si papa t'interroge demain, tu lui diras cela.

— Mon colonel ne me demandera pas mon avis, monsieur André.

— Qui sait ? En ce cas, ne manque pas de lui répéter notre entretien. La Javelle, tu as toujours été bon pour moi; tu m'aimes, tu ne me crois pas méchant. Je t'aime aussi, va; je ne serai jamais ingrat. Embrasse-moi. »

Le brave homme recula.

« Vous embrasser, monsieur André ! un pauvre domestique comme moi !...

— Embrasse-moi, te dis-je. »

André sauta au cou du fidèle serviteur, qui posa avec émotion ses lèvres sur les joues de son jeune maître, et sortit les yeux humides, sans se douter que ce baiser était un adieu.

En l'embrassant ainsi, André s'était soulagé le cœur. Au moment d'abandonner la demeure paternelle, il sentait combien d'êtres chers il y laisserait ; et, ne pouvant leur dire adieu à tous, il avait reporté toute la chaleur de son baiser sur la Javelle.

Il mangea peu, et fit le tour de la chambre comme pour en graver les moindres détails dans son esprit ; puis, se mettant à genoux au pied de son lit, il pria, et, malgré lui, pleura.

De la tour on n'entendait pas les bruits du château, où pourtant tout était en rumeur ; le domestique vint plus tard que la veille, demanda si André avait besoin de lui, et, sur sa réponse négative, alla tranquillement se coucher. André prit alors les derniers soins, prépara sa table, tira de sa poche un long morceau de ficelle qu'il avait obtenu de la Javelle, et s'assit près de la meurtrière, restant là sans bruit, presque sans mouvement. Dix heures étaient sonnées ; il n'avait plus longtemps à attendre, et c'était heureux, car le frisson le gagnait dans cette immobilité absolue, sous cette fenêtre qui laissait pénétrer un souffle glacial.

Quand il entendit le signal de Claude, il se leva avec précaution et grimpa à la meurtrière.

« As-tu la corde ? dit-il à mi-voix.

— Je l'ai, monsieur André. Mais comment vous la faire parvenir ?

— Je vais faire glisser une ficelle ; tâte le long du mur. Tu y attacheras la corde, et je tirerai. »

Claude s'approcha de la muraille, cherchant à tâtons.

« Je la tiens, dit-il. Avant que j'attache, Monsieur, réfléchissez bien, je vous en supplie.

— J'ai réfléchi. Dépêche-toi.

— C'est fait, soupira Claude ; tirez à vous. »

La corde monta ; André noua le bout à l'anneau de fer scellé près de la meurtrière.

Le moment était venu. Son cœur battait, mais il n'avait pas peur ; il se rappelait toutes les histoires de captifs qui avaient employé le même moyen que lui pour s'évader. Il saisit la corde à deux mains, glissa son corps svelte par l'étroite ouverture, et se balança dans l'espace.

Claude était tombé à genoux sur le sol ; les mains jointes,

le corps tremblant. Il priait avec ferveur. Il ne se sentit un peu rassuré que lorsqu'il entendit la voix d'André près de lui.

« Tu vois, ce n'était pas si dangereux ! Merci, Claude; embrasse-moi et va-t'en. Je n'oublierai jamais le service que tu m'as rendu ce soir.

— Je ne reste pas au château, monsieur André, répondit Claude d'une voix ferme; je pars avec vous. »

André s'arrêta, stupéfait.

« Est-ce que vous avez cru que je vous laisserais partir seul ? continua le petit jardinier avec énergie. Ah ! Monsieur, vous ne me connaissez pas. J'aurais voulu vous voir rester; mais vous vous en allez, je vous suis.

— Mon bon Claude, fit André ému, ce n'est pas possible. Reste au château, je ne veux pas que pour moi...

— Non, non, monsieur André. Votre sainte mère, ma chère marraine, m'a bien recommandé de vous porter secours si jamais vous en aviez besoin ; vous ne voudriez pas me faire manquer à ma parole. Et puis n'avait-il pas toujours été convenu entre nous que je vous accompagnerais quand vous vous en iriez marin ? Vous voyez bien que je dois partir. D'ailleurs, je suis tout prêt; j'ai été prier sur la tombe de ma marraine, et je vous apporte un brin d'herbe et un perce-neige que j'ai cueillis pour vous. »

Sa main chercha celle d'André, qui saisit la petite fleur, la baisa avec amour et la cacha sous ses vêtements.

« Viens donc, mon Claude, dit-il avec résolution, désormais tu seras mon frère. »

Ils s'embrassèrent chaleureusement; puis Claude demanda:

« Comment franchirons-nous le fossé ?

— En descendant et remontant de l'autre côté. Nous nous écorcherons peut-être les mains, mais tant pis ! »

La descente fut aisée, l'ascension très pénible. Enfin, après quelques accrocs et égratignures, les deux enfants se trouvèrent hors de l'enceinte.

Des flocons de neige commençaient à voltiger. Claude hocha la tête et murmura :

« La neige ! ça ne nous aidera pas.

— Elle ne tombera peut-être pas longtemps, » répliqua André.

Il se tourna vers le château, dont les fenêtres étaient resplendissantes, et, tendant les bras :

« Adieu, Courthenoy! balbutia-t-il; adieu, papa, Lucienne, tante Solange et miss Jane! Oh! je vous aime! Je voudrais vous embrasser!... Un jour je reviendrai peut-être..., je serai moins malheureux. Pardonnez-moi, pardonnez-moi! »

« Merci, Claude; embrasse-moi. »

Il étouffa ses sanglots, envoya un long baiser à ceux qu'il délaissait, et, suivi de son compagnon de route, il s'enfonça dans la nuit.

Une enivrante musique remplissait les salons. On dansait.

La marquise, en rose, était charmante; Lucienne, jolie à peindre dans sa gracieuse toilette blanche, attirait tous les regards.

Léopold Hardouin se pavanait avec son monocle et ses cheveux jaunes, et ne se doutait pas qu'il était ridicule. Miss

Jane, assise à l'écart, soupirait tout bas en se disant que la place de son élève n'était pas là.

Le marquis faisait des efforts extraordinaires pour paraître calme et aimable; en réalité, il subissait une violente souffrance et une étrange lutte intérieure.

Depuis deux jours, son fils était prisonnier par son ordre; il n'avait rien avoué, et le père se demandait avec angoisse si l'enfant était coupable.

N'avait-il point mis trop de précipitation dans la sentence? Aurait-il dû se fier entièrement à la parole du précepteur?

Il se rappelait maintenant le trouble de Léopold, sa réponse à peine articulée, et le soulagement qu'il avait paru ressentir en entendant l'arrêt porté contre son élève.

Cependant était-il possible qu'il fût assez vil pour l'avoir accusé faussement?

Mais plus le marquis y réfléchissait, plus il trouvait équivoque la conduite de M. Hardouin.

Il avait commencé le récit de la prétendue scène de l'accident d'une façon si embrouillée, que le marquis l'avait prié de se taire.

Philippe avait parlé plus clairement, mais avait mis dans son débit une sorte de joie haineuse.

M. de Courthenoy récapitulait tout cela dans sa mémoire, et, en songeant qu'il avait peut-être commis une injustice, il ressentit une douleur aiguë. Il se promit enfin de voir son fils le lendemain, et d'avoir avec lui une explication décisive; cette résolution ramena en lui un peu de tranquillité.

La fête se termina à une heure avancée.

Au réveil, le marquis se sentit la tête lourde et l'esprit fatigué. Il passa dans son cabinet, s'assit devant son bureau et tomba dans une méditation profonde, dont il fut tiré par le bruit de la porte ouverte avec violence.

Il se retournait pour demander la raison de ce procédé singulier, lorsque Antonine, pâle et frissonnante dans son long peignoir de cachemire, s'élança vers lui.

« Hugues, venez, venez, dit-elle, Raymond est très malade. »

Et, lui saisissant la main, elle l'entraîna près de l'enfant.

Le pauvre petit, étendu sur les genoux de sa nourrice,

était rigide et semblait inanimé; ses yeux, renversés, ne laissaient voir que le blanc devenu jaunâtre.

« Je connais ça, Madame, c'est des convulsions, disait la nourrice; mes enfants en ont eu tous quatre.

— Et vous en avez perdu deux? s'écria Antonine, folle de désespoir.

— Oui; mais j'en ai deux vivants, répondit philosophiquement la paysanne. Voyez-vous, madame la marquise, beaucoup d'enfants en ont, mais tous n'en meurent pas

— Ah! laissez-moi, vous m'exaspérez! répliqua la jeune femme. Et ce docteur qui ne vient pas!

— Calmez-vous, ma chère Antonine, le voici, » fit le marquis.

Le médecin entrait, en effet; il examina l'enfant, confirma les paroles de la nourrice, et appliqua les remèdes, dont l'effet fut très prompt. Raymond revint à la vie; ses membres se détendirent.

« L'accès reviendra, dit le docteur en se retirant; il ne faut pas trop s'effrayer, mais exécuter au plus vite les prescriptions indiquées. »

La marquise, plus calme, voulut néanmoins demeurer près du berceau de son fils.

Le marquis rentrait dans son cabinet quand la Javelle se dressa devant lui, bouleversé à ce point qu'il oublia, en abordant son maître, le salut militaire.

« Qu'as-tu? » dit vivement M. de Courthenoy.

La Javelle joignit les mains.

« Mon colonel, prononça-t-il d'une voix étranglée, M. André... n'est plus à... la tour!

— Tu dis?... cria le marquis, pâlissant.

— Il n'y est plus, mon colonel. Je viens... de la chambre..., il s'est sauvé... Il y a une... corde à la fenêtre. »

Le marquis chancela et s'appuya à la muraille.

« Voici... une lettre, mon colonel, qu'il... m'a donnée hier..., en me recommandant de ne vous la remettre que... ce matin. Pardon, pardon..., je ne savais pas..., moi... »

Son maître lui arracha la lettre, et, s'affaissant sur son fauteuil, il la lut avidement.

« Père chéri, écrivait André, avant tout pardonnez-moi. Je m'en vais; je ne puis rester prisonnier plus longtemps, je souffre trop. Je n'ai pas tué Phyllis; je suis innocent, je vous le jure sur le souvenir de ma mère. Peut-être me croirez-vous à présent. Oh! si vous saviez combien j'ai été malheureux quand vous m'avez appelé menteur! Non, je n'ai pas menti, et je ne mentirai jamais.

« Papa, cher papa, vous ne me pardonnerez peut-être pas, et pourtant je vous aime, je vous aime de tout mon cœur, et, si je m'enfuis, c'est parce que vous ne m'aimez plus. Oh! si je ne devais plus vous revoir, je resterais, je crois, malgré tout; mais non, vous me pardonnerez, n'est-ce pas? et je pourrai revenir un jour dans ce cher Courthenoy que je pleure. En attendant, soyez sûr que vous n'apprendrez rien de moi qui puisse vous faire rougir. J'espère que je porterai notre nom avec honneur, me souvenant qu'il fut toujours sans tache.

« Je voudrais mettre sur ce papier mille baisers pour ma sœur, tante Solange et miss Jane, mais vous ne leur transmettriez pas mes adieux. Je veux vous dire pourtant que je regrette mon petit frère. On vous a dit que je le détestais; ce n'est pas vrai, je l'ai toujours aimé; je l'embrassais souvent à la dérobée.

« Adieu, mon père chéri; non, je ne veux pas écrire ce mot; au revoir plutôt, et, encore une fois, pardon.

« Croyez-moi toujours, cher papa,

      « Votre fils respectueux et bien malheureux,

            « André de Courthenoy. »

Le marquis leva la tête; la Javelle était resté là, pareil à la statue de la stupeur.

« Tu l'as vu hier; que t'a-t-il dit? »

Le pauvre garçon essuya de grosses larmes qui roulaient sur ses joues bronzées, et répéta mot pour mot sa conversation avec André.

Son maître l'écouta la tête penchée.

« Tu as parlé d'une corde. Où l'a-t-il prise?

— Je n'en sais rien, mon colonel; il m'a bien demandé une ficelle, mais pas une corde. Ah! avant-hier, il m'a fait porter un mot d'écrit au petit Claude, c'est peut-être ça.

— Va me chercher Claude. »

La Javelle sortit.

Le marquis appuya sur sa main son front brûlant, et attendit sans faire un geste.

Le messager tardait à revenir. Quand il se représenta, il était seul.

« Mon colonel, dit-il, Claude a également disparu; le jardinier ne l'a pas vu depuis hier soir; sa chambre est vide et son lit n'est pas défait. »

Quelque chose comme une expression de soulagement passa sur les traits du marquis... André n'était pas seul!...

Il se leva.

« Ne parle à personne, dit-il d'une voix brève; cours à la gare, et prends le chemin de Poitiers; le train passe dans vingt minutes. Tu iras droit chez Mme de Fontagues; je n'ai pas besoin d'en dire davantage, peut-être ils y sont tous les deux.

— Bien, mon colonel. »

Demeuré seul, le marquis fit un violent effort pour ramener le calme sur sa physionomie, puis il envoya chercher le précepteur et Philippe.

Ils arrivèrent bientôt : le jeune Claverel, hardi et dégagé; M. Hardouin, l'air inquiet comme toujours lorsqu'il était appelé par le châtelain.

« Messieurs, dit ce dernier le plus froidement possible, je viens d'acquérir la certitude que vous m'avez trompé. »

Léopold sursauta.

« Oui, trompé, répéta le marquis avec un regard écrasant, au point de me faire commettre ce que je redoute le plus au monde, une injustice. Mon fils est innocent.

— Monsieur le mar...

— Silence, Monsieur! je ne vous ai pas interrogé encore. Je constate un fait; je ne veux pas de dénégation, mais la vérité entière. »

M. Hardouin se taisait, terrifié.

« Parlez, parlez donc à présent! s'écria le marquis avec colère; que je sache comment vous avez pu concevoir le dessein lâche et odieux d'accuser un enfant! »

Léopold se sentit trop complètement démasqué pour conserver quelque espérance; au moins ne voulut-il pas l'être seul. Lançant au marquis un regard venimeux :

« Ne me faites pas honneur de ce dessein odieux et lâche, monsieur le marquis: ce n'est pas moi qui l'ai conçu, mais Mme la marquise. Il ne s'agissait, m'a-t-elle dit, que d'une très légère punition pour André. Oh! ce n'est pas la première fois qu'elle accuse votre fils pour disculper son frère. Elle sait s'y prendre, elle; je n'ai pas eu son adresse, par malheur! »

Il y eut un silence.

Le marquis souffrait. Cet homme était un misérable, mais il disait vrai.

Enfin le châtelain ouvrit un tiroir, compta fiévreusement une somme en or et dit :

« Prenez vos honoraires, Monsieur, et soyez hors de chez moi avant ce soir. »

Léopold Hardouin ramassa l'or, et sortit sans plus rien dire.

« Quant à vous, continua le marquis en s'adressant à Philippe, allez dans votre chambre, je vous ferai connaître ma décision à votre égard. »

Le jeune garçon se retira en silence.

Alors M. de Courthenoy quitta son cabinet et se dirigea vers l'appartement de sa femme. Il trouva Estelle dans le corridor.

« J'allais vous chercher, monsieur le marquis. Les convulsions sont revenues; on dirait que M. Raymond va mourir. »

Le marquis entra dans la chambre de l'enfant.

La nourrice essayait en vain tous les remèdes, le pauvre bébé restait dans un état de rigidité presque cadavérique. Le docteur était absent, il fallait aller loin pour en trouver un autre. Lucienne pleurait. Antonine, à genoux, se tordait les bras.

Le marquis marcha vers l'enfant, qu'il remit dans son berceau. Puis il congédia sa fille et la nourrice.

« Mon fils se meurt, murmura la marquise affolée.

— Dieu vous punit, fit son mari d'une voix dure. Votre fils se meurt, dites-vous? et mon fils, à moi, mon André, est parti, il s'est enfui cette nuit, malgré la neige; peut-être ne le reverrai-je jamais! »

Et comme elle le regardait sans paraître le comprendre, il reprit plus durement encore :

« Et c'est vous, vous qui en êtes la cause. Il n'a pu supporter un injuste châtiment; il a cru n'être plus aimé de son père. Oh! malheureux que je suis! Je croyais leur donner une mère!... Pleurez donc, pleurez, Dieu n'a pas pitié de vos larmes; en vous reprenant votre enfant, il vous châtiera comme vous le méritez. »

Antonine leva vers lui un visage désolé et suppliant.

« Oui, dit-elle d'un accent brisé, oui, c'est vrai, je suis coupable; je ne l'ai pas aimé, je l'ai pris en aversion; mais, de grâce, n'appelez pas sur moi la vengeance du Ciel! Cet enfant c'est le vôtre aussi. Pitié, Hugues, pitié! Ne me dites pas qu'il mourra par ma faute. Je réparerai, je... »

Un coup à la porte l'interrompit.

« Un monsieur demande à voir sur-le-champ monsieur le marquis, dit Estelle.

— Je ne veux voir personne; je pars.

— Il faut pourtant que je vous parle, » fit une voix au dehors.

Et M. de Fontagues se montra sur le seuil.

« Léon! balbutia le marquis. Mon fils...?

— Un accident lui est arrivé. Rassurez-vous, sa vie n'est pas menacée; il est à la maison, et je viens vous chercher. »

Le marquis tomba sur une chaise, et ses larmes jaillirent.

« Mon pauvre enfant! Merci, mon frère. Dans cinq minutes il eût été trop tard, j'allais partir pour la Rochelle. »

Il se dirigea vers la porte; Antonine s'attacha à ses vêtements :

« Restez, Hugues, restez, Raymond va mourir.

— Il a sa mère, répliqua le marquis. André n'a que moi. »

Il suivit M. de Fontagues.

XVII

Quelques instants après, le marquis et son beau-frère galopaient sur la route de Poitiers; le train était parti, et il aurait fallu attendre l'autre jusqu'au soir. Chemin faisant, M. de Fontagues raconta tout ce qu'il savait.

Après le départ des deux enfants, la neige était tombée avec force. André, aveuglé par le tourbillon qui fouettait son visage, ne savait plus où il allait; Claude lui donnait la main et se laissait conduire, incapable qu'il était de donner un renseignement. Ils marchèrent ainsi toute la nuit.

La neige tomba longtemps et couvrit la terre d'une couche épaisse et molle, dans laquelle leurs pieds s'enfonçaient. Claude, moins leste que son compagnon, tomba plusieurs fois sans se faire de mal. André supposait bien qu'il s'était trompé de route, mais il était trop tard pour retourner en arrière. Il attendait le jour avec impatience pour reconnaître son chemin, et prendre à la première gare le chemin de fer menant à la Rochelle. L'aube commençait à paraître quand, voulant courir plus vite, il glissa et tomba en étouffant un cri de douleur.

« Monsieur, Monsieur, qu'avez-vous? où avez-vous mal? » s'écria Claude avec effroi.

André ne répondit point. Claude réitéra en vain sa question. Alors il se jeta à genoux sur la neige, pleurant à sanglots et essayant de ranimer son compagnon évanoui. Voyant ses efforts inutiles, il jeta les yeux autour de lui. Le paysage sortait lentement des ténèbres; aucune maison n'apparaissait dans la pénombre.

« Va-t-il donc mourir là sans secours? dit désespérément le pauvre garçon. Non, quand je devrais l'emporter sur mes épaules. »

Joignant le geste à la parole, il se préparait à soulever André, lorsque le bruit d'une voiture se fit entendre sur la route.

Claude reprit courage, et, la voiture approchant, il jeta un appel. Le cheval fut arrêté, une voix interrogea : « Qui est là? qui appelle?

— Oh! Monsieur, du secours, je vous en supplie? Mon... camarade est tombé sur la neige, il ne donne plus signe de vie.

— Peste! dit l'homme. Aussi que diable font deux enfants sur la route, à cette heure et par ce temps affreux? »

Tout en parlant, il avait sauté à terre et s'approchait d'André. Claude l'examina : c'était un paysan à figure honnête.

« Ce garçon-là a perdu connaissance, dit-il, mais il n'est pas mort; seulement il se sera cassé quelque membre, et la douleur l'a fait évanouir. Où demeurez-vous? »

Claude resta fort embarrassé.

« S'il vous plaît, Monsieur, où sommes-nous d'abord? dit-il timidement.

— Nous sommes, parbleu! à une lieue de Poitiers. Vous êtes de la ville, sans doute?

— Non, Monsieur, répondit Claude avec vivacité; mais nous connaissons quelqu'un à Poitiers, M. de Fontagues, rue du Moulin-à-Vent.

— M. de Fontagues le conseiller? Oh! bien, je vais vous y mener; c'est moi qui lui fournis son bois, j'ai moyen de le connaître. Allons, monte, petit, nous y serons tout à l'heure. »

La cuisinière de Mᵐᵉ de Fontagues ouvrait la porte pour se rendre à la première messe, quand le charretier s'arrêta devant la maison; il la mit au courant de l'accident, et elle courut avertir sa maîtresse.

Quelques instants après, André était couché dans un lit bien

chaud; un médecin était mandé, et Claude racontait en pleurant à M. et à M⁽ᵐᵉ⁾ de Fontagues, stupéfaits et affligés,
l'odyssée de leur neveu.

Le docteur examina l'enfant, il avait la jambe gauche
cassée; heureusement l'état de la fracture permettait d'es-
pérer qu'il n'en résulterait aucune claudication.

En attendant, le pauvre André, en proie à une fièvre
ardente, recevait les soins de sa tante et les caresses de ses
cousins, attentifs autour de son lit.

Quand M. de Fontagues lui dit : « Je vais prévenir ton
père, il le faut, mon enfant, » il répondit en joignant les
mains :

« Oui, mon bon oncle, allez-y. Je voudrais tant le voir! »

Le marquis écouta ce récit sans chercher à retenir ses
larmes. Lorsqu'il entra dans la chambre d'André, celui-ci
était entouré de ses cousines, d'Amaury et de Claude.

Il tourna les yeux vers la porte, et, apercevant son père,
il lui tendit les bras.

« Papa, oh! papa! vous voici; pardonnez-moi. »

Le marquis se pencha vers lui et le couvrit de baisers.

« Mon fils! mon pauvre enfant chéri!

— Père, vous me pardonnez? vous m'aimez encore?

— Méchant enfant, qui croyait que je ne l'aimais pas!

— Pardon, père. Oh! je ne le croirai plus, je vous le
promets.

— Et tu ne t'enfuiras plus de la maison paternelle?

— Jamais, cher papa, quoi qu'il arrive, répondait André
d'un ton énergique. Je suis sûr de votre affection, peu m'importe le reste! »

Le père et le fils se regardèrent, des pleurs et des sourires
plein les yeux.

Les enfants s'étaient retirés par discrétion; mais M⁽ᵐᵉ⁾ de
Fontagues vint mettre fin à cette scène trop émouvante pour
André. Le marquis la comprit et s'assit en silence près du lit,
gardant dans la sienne la main de son fils, qui s'endormit
bientôt.

Suivant les prévisions du docteur, la fièvre redoubla de
violence, et pendant deux jours on conçut de vives inquiétudes; cependant les accès s'apaisèrent, et la confiance rentra
dans tous les cœurs.

On était sans nouvelles du château. Le marquis ne savait si Raymond était mort ou vivant ; à peine y avait-il songé dans ces heures d'angoisse. Maintenant qu'il ne craignait plus pour André, il résolut d'envoyer la Javelle à Courthenoy.

Ce dernier devait partir le soir.

Dans l'après-midi, on prévint Mᵐᵉ de Fontagues que deux personnes l'attendaient dans le salon.

Elle descendit, et Lucienne se jeta dans ses bras.

« Ma tante, ma chère tante, donnez-moi vite des nouvelles de mon frère, » s'écria-t-elle en fondant en larmes.

Mᵐᵉ de Fontagues allait répondre, mais elle resta muette en voyant l'autre dame s'avancer lentement ; c'était Antonine, mais Antonine changée, le visage troublé, les yeux rougis, l'attitude humble et triste.

« Pardonnez-moi, Madame, d'avoir osé suivre Lucienne, dit-elle d'une voix tremblante. Tout à l'heure je vous expliquerai ma présence ; mais, de grâce, dites-nous auparavant si André...

— André, Madame, est aussi bien que possible après ce fâcheux accident, répondit froidement Mᵐᵉ de Fontagues ; sa jambe cassée ne lui laissera pas d'infirmité, assure le docteur.

— Sa jambe cassée ! répéta Lucienne. Tante, laissez-moi le voir ! il doit penser que sa sœur est bien indifférente. A-t-il parlé de moi ?

— Toujours avec affection, mon enfant. Va, Augustine te conduira. Madame, vous désirez sans doute voir le marquis ; je vais le faire appeler.

— Pas maintenant, fit Antonine en lui saisissant la main. Écoutez-moi d'abord, je vous en conjure. Oh ! je suis bien coupable, mais depuis deux jours j'ai horriblement souffert : mon cher petit Raymond... dix fois j'ai cru le voir expirer devant moi. Alors je me suis souvenue... Tous les détails de mes injustices, de mes... méchancetés envers le fils de votre sœur se sont représentés à ma mémoire pour me torturer, me broyer le cœur. Je regardais souffrir mon enfant, et une voix, l'écho de celle du marquis, me disait : « Dieu te châtie, Dieu te châtie ! » C'était affreux, je vous le jure. A genoux près du berceau de Raymond, j'ai supplié le Ciel de me prendre en pitié, jurant de réparer mes fautes passées. J'ai été exaucée, mon fils vit. Dieu s'est montré miséricordieux, les hommes seront-ils impitoyables? »

Mme de Fontagues se taisait. L'accent de la marquise était sincère ; mais elle ne pouvait se défendre d'en vouloir un peu à cette femme qui avait failli causer un irréparable malheur. Pourtant elle était trop fervente chrétienne pour ne pas désavouer ce sentiment de répulsion. Elle serra la main d'Antonine et reprit doucement :

« Les hommes pardonnent au repentir, Madame. Du reste, ce n'est pas à moi de vous juger.

— Merci, vous êtes bonne. Lucienne voulait accourir sur-le-champ vers son frère ; mais je perdais la tête, je ne savais plus que devenir. Dans mon désespoir, je m'étais cramponnée à miss Jane ; elle seule me consolait, me rendait le courage. En me voyant ainsi affolée, elle ne put se résoudre à m'abandonner. Lucienne écrivit à son père ; dans sa précipitation, elle oublia de mettre l'adresse, et ne s'en est souvenue que ce matin. Alors elle pouvait partir, Raymond était sauvé ; mais je voulais l'accompagner. Je suppliai miss Jane de me céler sa place, et elle consentit. Je viens solliciter mon pardon, voir mon mari, et aussi... André. Croyez-vous qu'il le veuille? »

Mme de Fontagues réfléchit. Enfin elle se leva et répondit :

« Le marquis va descendre. Quant à moi, j'essayerai de préparer André à vous voir. Que lui dirai-je?

— Que son père saura toute la vérité, que je réparerai le passé, que je l'aimerai désormais...

— Bien, c'est assez. »

Elle remonta dans la chambre de son neveu, et dit à mi-voix au marquis :

« Lucienne ne vous a-t-elle rien dit? Descendez, la marquise vous attend. »

Puis, s'asseyant près d'André, elle l'embrassa.

« Mon chéri, fit-elle, te voilà content?

— Oh! bien content, chère tante.

— Mais Lucienne n'est pas venue seule.

— Je le pense bien, tante, et voilà deux fois que je lui demande pourquoi miss Jane n'est pas montée avec elle; elle ne répond pas. »

Lucienne rougit.

« Il ne faut pas trop te faire parler, André, tu serais plus souffrant.

— Ce n'est pas cela, interrompit Mᵐᵉ de Fontagues. Écoute, mon enfant, tu ne sais pas que Raymond a été très malade?

— Mon petit frère? s'écria André avec émotion.

— Oui, très malade, reprit Lucienne; nous croyions qu'il mourrait.

« Mon cher petit André, dit la marquise, voulez-vous oublier le passé?
— De tout mon cœur, » répondit André.

— Et pendant qu'il souffrait, continua Mᵐᵉ de Fontagues, la marquise avait beaucoup de chagrin, et elle se reprochait de n'avoir pas été pour toi une vraie mère. »

Elle s'arrêta.

Le jeune garçon gardait le silence. Enfin il murmura en soupirant :

« Pauvre petit Raymond ! Est-il mieux, Lucienne?

— Beaucoup mieux, à peu près guéri.

— Si bien que sa mère a pu le quitter, acheva Mᵐᵉ de Fontagues. Tu devines maintenant qui est venu avec ta sœur? »

André ne répondit pas. Sa tante poursuivit doucement :

« Elle est là, elle voudrait te voir. A cette heure, ton père sait par elle la vérité entière ; elle regrette ce qui s'est passé ; elle a souffert, et se sent prête à t'aimer. La haine et la rancune ne peuvent habiter le cœur du fils de ma Blanche : au nom de ta mère qui te sourira du haut du ciel, de ton père que tu chéris, du bon Dieu qui te le commande, n'est-ce pas, mon André, que tu veux bien la recevoir et vivre en paix avec elle? »

L'enfant laissa tomber sa tête sur l'épaule de sa tante, et deux larmes roulèrent sur ses joues.

« Eh bien! oui, tante, dit-il, et je ne me révolterai plus jamais; je ne veux plus affliger ceux qui m'aiment. »

Mᵐᵉ de Fontagues l'embrassa avec effusion.

« Lucienne, dit-elle, va les avertir. »

Quelques secondes plus tard, le marquis rentrait avec sa femme. Elle s'approcha, tremblante et émue.

« Mon cher petit André, murmura-t-elle, je ne vous demande pas de m'aimer, mais seulement de ne plus voir en moi une ennemie, et d'oublier le triste passé. Le voulez-vous? »

Il fut si frappé du changement qui s'était fait en elle, qu'il répondit avec un élan dont il se serait cru lui-même incapable :

« De tout mon cœur. »

Touchée de cet accueil auquel elle ne s'attendait pas, elle mit un chaud baiser sur le front de l'enfant.

« Mon fils, dit le marquis, dont le visage rayonnait, ton oncle m'a donné des renseignements sur M. Davy ; il est dans un château de Vendée, où il remplit l'emploi de secrétaire, et ne s'y plaît point, dit-on. Serais-tu satisfait si je le priais de revenir près de toi?

— Oh! papa! fit André, dont les yeux resplendirent; mais il ne voudra pas, sans doute.

— Qui sait ! Il t'aimait beaucoup, et je suis prêt à reconnaître que j'ai eu tort lorsque nous nous séparâmes. S'il y consent, il continuera à t'instruire pendant quelques années ; et, quand tu t'en iras à l'école navale, il sera temps de commencer l'éducation de Raymond.

— Quel bonheur, père ! Ainsi M. Léopold...

— N'est plus au château, acheva Antonine, et vous n'y retrouverez pas Philippe, qui entre au collège.

— Je n'en veux pas à Philippe, fit généreusement André ; désormais nous nous entendrons mieux.

— Non, non, répliqua la marquise, je reconnais moi-même pour lui la nécessité d'une forte discipline ; je l'ai trop soutenu, il a besoin de se corriger.

— Écoute encore, reprit le marquis. Claude est un brave enfant, qui t'a peut-être sauvé la vie ; car, si tu avais été seul sur la route, sait-on ce qui aurait pu arriver ? Je veux faire quelque chose pour lui. Désire-t-il toujours étudier pour remplacer un jour l'intendant de Courthenoy ?

— Je pense que oui, cher père ; demandez-le-lui. »

Claude fut appelé ; il écouta, tout confus, les paroles émues du marquis ; mais, à la question qui lui fut adressée, il répondit :

« Non, monsieur le marquis, je ne veux pas être intendant, mais marin, comme M. André ; je le suivrai partout, je ne le quitterai pas.

— Eh bien ! mon enfant, s'il en est ainsi, je me charge de ton instruction, et, avec la grâce de Dieu, tu feras un bon officier de marine. »

Claude, ébloui par cette perspective, saisit la main du marquis et y posa ses lèvres avec reconnaissance ; André jeta un cri de joie :

« Oh ! à présent, comme nous serons heureux ! »

Au bout de six semaines seulement, André put rentrer à Courthenoy ; la fracture de sa jambe n'avait laissé d'autre trace qu'une légère faiblesse qui ne tarderait pas à se dissiper. Sa tante et ses cousines l'accompagnaient ; elles venaient, sur la chaleureuse invitation du marquis, passer au château les premiers jours du printemps. Antonine, tenant Raymond dans ses bras, accourut au-devant de son beau-fils ; elle était si souvent allée le voir pendant ces semaines de reclusion chez Mᵐᵉ de Fontagues, que toute contrainte avait disparu entre eux ; elle l'embrassa affectueusement et lui tendit son petit frère, qui riait. André le couvrit de baisers.

Puis ce fut le tour de tous ses amis : la bonne demoiselle Solange, qui pleurait de joie ; miss Jane ; Gabriel Davy,

l'ami toujours dévoué, revenu au premier appel ; Claude,
la Javelle, Joséphine.

« Vois-tu comme il fait beau ? lui dit Lucienne. Le temps
était si laid ces jours derniers ! Le ciel a pris un air de fête
en ton honneur. »

André sourit joyeusement. Oui, sa sœur disait vrai, tout
était doux, riant à voir ; la nature semblait chanter un
hymne d'allégresse ; et l'air tiède et pur, et le firmament
bleu, et le soleil brillant et le naissant feuillage murmu-
raient en un concert harmonieux :

« Gloire et bonheur au ciel ! et sur la terre paix et amour ! »

FIN

Fabriqué en France.

40 112. — Tours, impr. Mame.

www.ingramcontent.com/pod-product-compliance
Lightning Source LLC
Chambersburg PA
CBHW051135260626
47170CB00005B/1825